太好玩了！超有趣的诗经

东寻 ○ 著

石油工业出版社

图书在版编目（CIP）数据

太好玩了！超有趣的诗经/东寻著.—北京：石油工业出版社，2022.12
　（太好玩了！漫画中国文学）
　ISBN 978-7-5183-5473-3

Ⅰ.①太… Ⅱ.①东… Ⅲ.①古体诗-诗集-中国-春秋时代②《诗经》-儿童读物 Ⅳ.①I222.2

中国版本图书馆CIP数据核字（2022）第111541号

太好玩了！超有趣的诗经

东寻　著

出版发行：石油工业出版社
　　　　　（北京市朝阳区安华里二区1号楼　100011）
网　　　址：www.petropub.com
编　辑　部：（010）64523689
图书营销中心：（010）64523731　64523633
经　　　销：全国新华书店
印　　　刷：三河市嘉科万达彩色印刷有限公司

2022年12月第1版　　2022年12月第1次印刷
880毫米×1230毫米　　开本：1/32　　印张：5
字数：60千字

定价：39.80元
（如发现印装质量问题，我社图书营销中心负责调换）
版权所有，侵权必究

作者：东寻

幽默风趣，能写会画，
超级勤奋，从不自夸。

水豚君

搞怪小天使，呆萌万人迷，
与人为善第一名。

别担心，我完全没有被卡住。

小嘿

已经3秒没有发脾气的猫型"暖心宝"，
用最臭的脸做最暖的事。

我的照片好笑吧？
你倒是笑啊，
我正想找个人
磨爪子呢！

目 录

1. 《诗经》的诞生,西周到春秋的"流行歌曲"大集结 001
2. 你有一份来自三千多年前的歌单 007
3. "创业史"和"开派对"唱给你听 012
4. 一边祭祀一边舞,天子与诸侯的专属歌单 018
5. 跟《诗经》学习表现手法 023
6. 来认识诗歌界的"老大哥" 030
7. 他们这样表达"我想你" 036
8. 盘点"诗经联盟"里的奇女子 043
9. 《诗经》里的那些"暴脾气" 051
10. "钻"进《诗经》里,办一场古代婚礼 057

11 "穿越"到《诗经》里当贵族 064

12 古代农夫一年四季都在忙些啥？ 070

13 快来《诗经》里逛"动物园" 076

14 来看看隔壁的植物园吧 082

15 饭要怎么吃？来看看古人饮食的规矩 088

16 周朝穿衣指南 094

17 古人出行可以"呼叫"哪些交通工具？ 101

18 周朝"城里人"的日常 109

19 连东风都能借？

古代祭祀究竟是怎么一回事？ 115

20 征夫的眼泪：一生征战，一身辛酸 123

快乐读诗经 130

《诗经》的诞生,西周到春秋的"流行歌曲"大集结

公元前 1046 年,西周建立。

西周的天子想知道在自己的治理下老百姓过得好不好,那要怎么办呢?

天子有国家大事要处理,哪有时间去视察民情,于是呢,就安排一些官员去采集民歌,听听老百姓在唱什么,是生活不如意了,还是国家不太平。

除了老百姓的声音，天子也要听一听贵族和大臣的意见，于是吩咐这些人献上诗歌，让天子知道自己的功劳和过错。

另外，有一部分贵族的诗歌是在天子祭祖时吟唱的，目的是歌颂祖先。

从西周初年一直到春秋中期，百姓的"民歌"和贵族的"献诗"组成了一部巨著，它就是我国最早的诗歌总集

《诗经》。

《诗经》共有诗歌305篇,汉朝以前它被称为《诗》或者《诗三百》。

传说《诗经》原本有诗歌三千多篇,被春秋时的教育家孔子删来删去,只剩下305篇。但是不少学者认为,孔子没有删诗,只是对它进行了整理。

前面说《诗经》中收录了大量优美动听的民歌,那为什么到了现代,音乐老师不教《诗经》,却要在语文课上学呢?

这就要从《诗经》经历的一些"苦难"说起。

孔子开创了一个叫"儒家"的学派,到了秦朝,秦始皇不喜欢儒家思想,于是烧毁了儒家的书籍,据说还把一些儒生挖坑活埋了。这一事件史称"焚书坑儒"。

但是,一种说法认为"坑儒"从来没发生过,只是后人的杜撰;另一种说法认为被杀的其实是骗人的炼丹术士。

《史记·秦始皇本纪》记载,丞相李斯建议焚毁《诗经》等典籍,秦始皇表示了赞同。

到了汉代,《诗经》受到天子等人的重视,申培、毛亨等博学之士便开始传习《诗经》。

那你可能要问了,如果一部书遭遇了焚毁,它是怎么流传下来的呢?当然是靠背诵和口口相传了!

可惜的是，和《诗经》相关的曲谱失传了。于是，作为一部可以唱出来的巨著，《诗经》就只剩下"歌词"流传至今。

除了消失的乐谱，《诗经》的作者们大多没有留下姓名，只能通过诗歌推断他们的身份，比如贵族、农夫、士兵等。

不过,有极少数作者把名字写进了诗里,比如《巷伯》中写了一句"寺人孟子,作为此诗",因此我们得知《巷伯》的作者是"寺人孟子"。

最后的小知识,《诗经》里各个诗篇的标题,基本上来自诗的第一句,比如《卷耳》来自"采采卷耳"。

秋天到了,猫耳朵都成熟了,小姑娘唱着歌采摘起了耳朵……

好吧,说正经的,"卷耳"其实是一种植物,可以做菜,也可以做药。

2
你有一份来自三千多年前的歌单

如果你爱听歌，你一定收藏了很多歌单，用来在不同的场景听。

写作业就听"一秒开启战斗状态的音乐"，无聊的时候就听"搞怪名场面合集"。

然而三千多年前的古人表示，这都是我们玩剩下的！

就歌单分类这件事来说，《诗经》可是"祖师爷"了，它早早就创建了《风》《雅》《颂》三个大"歌单"。

这一节，让我们先看看《风》这个"歌单"。

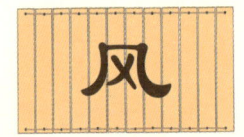

《风》也叫《国风》,收录了各个诸侯国的民歌,按照地区它又可以细分为周南、召南、魏风、秦风等。

《风》大多反映当时老百姓的日常,其中有百姓一边劳作一边热情吟唱的诗句,像是"采采芣苢(fú yǐ)",用今天的语言来唱就是"车前草,采呀采"。

也有吐槽贵族老爷们不干活吃白饭的歌谣,比如《伐檀》中吐槽道:"不稼不穑(sè),胡取禾三百廛(chán)兮?"这是说老爷们不播种,也不收割,却能拿到吃不完的粮食。

当然,不是整个"歌单"都在吐槽干活这件事,《风》里其实有不少和"爱情"有关的诗歌。

有讲述青年男女互相思念、互相追求的。

也有讲述男女相爱却遭到父母反对的。

还有讲述丈夫喜新厌旧抛弃妻子的。

此外也有表面上讲爱情，但其实是借妻子对在外征战的丈夫的思念，来反映老百姓对残酷战争的痛恨的。

除了老百姓的日常,《风》里其实还包含一部分贵族的日常。

比如《载驰》写的是贵族的爱国精神,《蜉蝣》是没落贵族感叹人生苦短。

总之,《风》的内容非常丰富,人生百态,生离死别,喜怒哀乐,应有尽有!

"创业史"和"开派对"唱给你听

《风》唱出了老百姓的生活,贵族也不能落后,纷纷唱起了和朝廷有关的"正声雅音"。

这些贵族创作的诗歌,构成了《诗经》里《雅》这一歌单,其中还包含了少量民歌。

《雅》又分为《大雅》和《小雅》。

《大雅》三十一篇,全为西周时期作品,其作者多为周王朝的上层人物。内容以歌颂周朝先王先公的功绩,记述周朝的历史,以及政治、军事、祭祀等方面的活动为主。

那么,《诗经》唱出了哪些周朝历史呢?

《大雅》中的《生民》一篇用神话道出了周民族的始祖。

传说,姜嫄是上古帝王"喾"(kù)的妃子,她踩到了天帝的脚印,莫名其妙地怀了孕,生了个儿子,名叫后稷。

姜嫄把后稷放到小巷里,结果牛羊跑来喂养他;把后稷放到树林里,砍柴的樵夫又救了他;把后稷放到寒冰上,又有大鸟展开翅膀来温暖他。

后稷刚学会爬行就懂得自己找东西吃,长大后他学会了种大豆、谷子等作物,还钻研出了先进的耕种技术,并把这些技术传授给百姓。

这位后稷就是周民族的始祖,也被后人尊称为"五谷之神"。

接下来,《公刘》和《绵》等诗篇讲述了后稷的子孙经历多次迁徙,来到岐山南边一片叫"周"的平原,也就是今天的陕西省岐山县一带。

《绵》中写道:"筑之登登,削屡冯(píng)冯。"捣土的声音噔噔响,削墙的声音乒乓响。从这些富有节奏的句子里,我们充分感受到周人建立新家园的喜悦和热情。

周人建立了周国，它是商王朝统治下的一个诸侯国，商王朝的国力一天不如一天，周国却越来越强大，双方慢慢变得水火不容。

《大明》一篇唱道，一位叫"太任"的姑娘嫁到了周国，她和"王季"结为夫妻，生下了周文王。

周文王品德优秀,在他的领导下周国越来越强大。

周武王去世后,周武王继位,他在牧野这个地方举行了誓师大会,带领军队和商纣王作战,最终纣王大败,商朝灭亡。

如果说《大雅》是在重大场合歌颂祖先的"创业史",那么《小雅》则主要用在规模小一些的宴会上。

《小雅》中包含的作品比较丰富,有的描绘了贵族的生活,像是开派对、打猎、救济难民等等。

还有用来讽刺和批评的作品,就是"怨刺诗",这些诗歌反映了周朝的社会问题,以及对劳苦人民的同情。《大雅》和《风》中也收录了一些怨刺诗。

怎么,被人写诗嘲讽了?

废话,这还不够明显啊!

相鼠有体,人而无礼。

一边祭祀一边舞，天子与诸侯的专属歌单

歌曲除了用来唱，还可以用来伴舞，这种歌曲叫作"舞曲"。

《诗经》里就有一份包含舞曲的"歌单"，它被称为《颂》。

那如果我们穿越到周朝，开个舞厅，可以用《颂》来蹦迪吗？

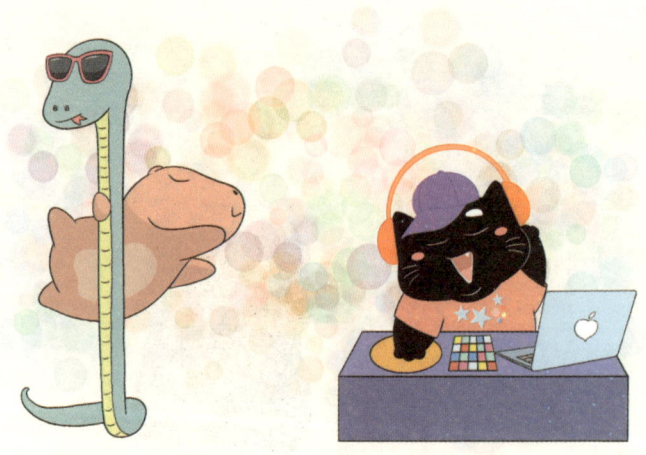

答案是想活命的话，最好不要这样！

《颂》是周朝的天子或者诸侯在祭天、祭祖时使用的，它有配乐，还有舞者伴着乐声起舞，可不是给一般人用的。

又有什么事啊，孩儿，下次找你妈说好吗？

先王在上！

《颂》根据地区又划分为《周颂》《鲁颂》和《商颂》，分别是来自周王朝和春秋时期的鲁国、宋国的乐章。

这些乐章大多用来歌颂祖先、君王、国家等，比如《维天之命》是这样歌颂的："文王之德之纯！"

周王朝第一届"最佳人品奖"得主

通过《颂》，后世的君主和贵族们还很明智地提出要向先辈学习。

《赉（lài）》中唱道："文王既勤止，我应受之。"大意是，周文王一生勤于政事，"我"应该继承他的治国之道。这里的"我"是周武王的自称。

周王朝第二届"最佳人品奖"得主

《颂》里还包含祈求祖先保佑子孙后代的诗篇。

老爸，您在天上要保佑我中大奖啊！

什么叫"在天上"，我还活着呢！

前面说周民族的祖先后稷被尊称为五谷之神,从这里可以看出周民族的兴起和重视农业是有关系的。

《颂》里的一些诗篇对于我们了解周朝的农业生产很有意义,《噫嘻》一篇就描写了官员们奉周成王之命,带领上万农夫耕作的宏大场面。

可是《风》里也有关于农业生产的诗篇呀,它们和《颂》里的诗篇有什么不同呢?

《颂》大多是贵族创作的作品,它主要反映人民劳作时的热情以及丰收的喜悦,很少体现辛酸的一面。

最后,通过《颂》中的诗篇,我们还可以一览周王朝的祭祀活动,进而了解到古人的礼乐文化,所以《颂》的存在还是有必要的。

5
跟《诗经》学习表现手法

大家想想看,什么时候会被问"这是用了什么手法"?

下次记得不要违法犯罪,就不会被问这个了……

说正经的,在做语文阅读题的时候,大家都体验过被盘问"表现手法"的恐惧吧,比如是用了联想啊,还是借物喻人啊,还是写景抒情啊之类的。

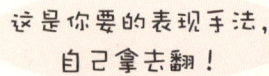

如果有一天,一个好学的小伙伴问你,《诗经》主要用了哪些表现手法,回答这三个字,他一定会狂喜!

对小伙伴的友爱就留在心里啦,下次还是直接答题比较好!

《诗经》的表现手法是这三个字:赋、比、兴。

什么叫"赋"?宋代的哲学家、教育家朱熹这样解释:"赋者,敷也,敷陈其事而直言之者也。"

意思就是平铺直叙,把事实、情感和思想直接说出来,不高兴就说不高兴,不要拐弯抹角地说"心情像体温计"这种奇怪的话。

"心情像体温计",是想被夹在胳肢窝下面的意思吗?

《豳风·东山》一篇就使用了"赋"的表现手法。

"我徂(cú)东山,慆慆不归。我来自东,零雨其濛。"

我到东山去打仗,岁月长久无归期。如今我从东山回,漫天落下凄凉雨。

全诗讲述了一个士兵外出征战,然后踏上归家路途的故事。

通过直截了当的陈述,描绘了士兵一路看到的景象,抒发出他渴望回家的心情,以及要跟家人久别重逢却不知道该做什么的焦虑。

运用"赋"这一手法的作品在《诗经》里还有不少,比如《雅》中讲述周王朝历史的诗篇,以及按照一年十二个月来介绍农业生产的《七月》等。

接着来看"比",朱熹说它是"以彼物比此物也",就是打比方和比喻的意思。这种手法在《诗经》中的运用比较普遍。

《硕鼠》一篇用贪得无厌的田鼠来比喻那些压迫和剥削农民的人。

《硕人》更是通过大量的比喻,来突出描写对象的美丽。

"手如柔荑(tí),肤如凝脂。"

美人的手指就像柔软的嫩苗,光滑白皙的皮肤就像凝结的油脂。

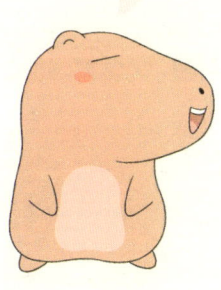

最后来看"兴",朱熹说:"兴者,先言他物以引起所咏之词也。"通过描写风景等其他事物,引出作者真正想讲述的主体。

比如《关雎》开头写道:"关关雎鸠,在河之洲。"河水中央的沙洲上,雎鸠鸟成双成对。

看到这幅景象,很容易让人联想到成双成对的情侣。

所以《关雎》跟着就写道:"窈窕淑女,君子好逑。"贤良美好的女子,是君子的好配偶。

写飞鸟这个"配角"只是为了引出"爱情"这个主角。

"兴"还能起到烘托气氛的作用。

比如《桃夭》开头写道:"桃之夭夭,灼灼其华。"桃花满枝头,鲜艳红似火。

出现这么美丽又浪漫的场景,肯定有好事要发生!果然,后文说到,这是一位女子出嫁了。

桃花烘托出了喜庆、浪漫的场面,也描写新娘像桃花一样美丽。

最后的小知识,你知道诗经的"六义"是指什么吗?

6 来认识诗歌界的"老大哥"

《诗经》的语言韵律优美，读起来很"上头"。

《诗经》的内容丰富多彩，把周朝的社会生活、人文历史等如同画卷一样铺开给你看。

如果要给中国的古代诗歌选一个"老大哥"，《诗经》绝对配得上这个名号！

我书读得多，不会骗你们！

那么,《诗经》在诗歌界是怎么当"老大哥"的呢?

战国时期,有一位来自楚国的诗人叫屈原,他一生最伟大的成就是创作了《离骚》《九歌》等优美诗篇。

路漫漫其修远兮

以屈原为代表的诗人,创作出了一系列风格新颖的诗歌,这类作品被称为"楚辞"。后来汉朝人把这些新体诗汇编成书,并直接以《楚辞》命名。

《楚辞》的创作受到了《诗经》不小的影响。

《诗经》中常用的手法"比"和"兴"被屈原继承,然后再对它们做了大升级,发展出"象征手法"。

在《离骚》里,屈原用散发着清香的秋兰等香草来象征正人君子洁身自爱,用味道刺鼻的花椒来象征霸道、奸邪的小人。

象征手法还被广泛运用在后来的唐诗、宋词甚至明清小说里。

说完了手法,再来看《诗经》的"精神"。

《诗经》中的许多作品反映了百姓生活和国家大事,这种关注现实的精神一直在影响后世的诗人。

唐代诗人杜甫在《戏为六绝句》中写道"别裁伪体亲风雅"。大意是说,那些内容空洞又不规范的诗歌赶紧丢掉吧,写诗要向《诗经》里的"风"和"雅"这两个"优等生"看齐!

《诗经》如此优秀,所以早在春秋时期,孔子就把它拿来当"教科书"用了!

孔子在教导儿子孔鲤时说:"不学诗,无以言。"这里的"诗"是指《诗经》,这句话大意是说,不好好学《诗经》,就不懂怎么讲话。

这里的"不会讲话"当然不是指变哑,而是口才差、情商低的意思。

《诗经》自诞生后,在很多朝代,它都是很重要的"教科书"。

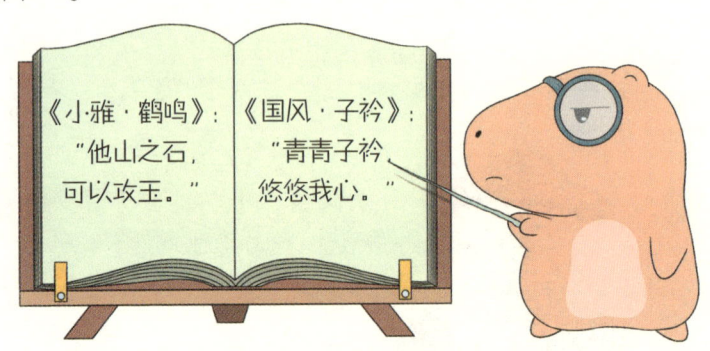

汉朝时,有五部儒家著作成为官方"教科书",也就是我们经常听到的"四书五经"里的"五经",而《诗经》位列五经之首。

隋唐时期,科举制度逐步建立,它是国家用来选拔"公务员"的考试制度,《诗经》是必考科目之一!

到了现代,《诗经》中的《关雎》等篇章,也是中学必背篇目。

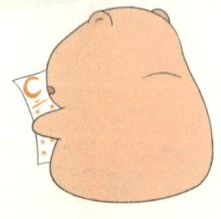

另外,《诗经》还给后人留下很多"流行词",比如兢兢业业(出自《大雅·云汉》),高高在上(出自《周颂·敬之》),等等。

他们这样表达"我想你"

怎样告诉某个人你很想他/她?

低情商

喂,好久不见,你还活着吗?

高情商的人如何表达?来看看《诗经》里的古人是怎样表达思念的吧。

第一种思念:想你想得睡不着。

"关关雎鸠,在河之洲。窈窕淑女,君子好逑。"

这是出自《关雎》的名句,一个小伙子喊着"贤良的好姑娘,是君子的好配偶",那他的结果怎样呢?

"求之不得，寤寐思服。"

结果悲剧了，没追到人家，只能日思夜想，甚至整晚失眠。

但是《关雎》的故事还没有结束，小伙子并没有放弃追求爱情，而是"琴瑟友之""钟鼓乐之"，弹起琴奏起瑟来亲近她，敲起钟打起鼓来取悦她。

比起这位小伙子的"热情奔放"，《蒹葭》的男主角就多了几分愁苦。

第二种思念：为你翻山越岭。

"蒹葭苍苍，白露为霜。所谓伊人，在水一方。"

芦苇上的露水结成了霜，显得有几分冰冷和凄凉。小伙子的意中人在哪儿呢？她在河的对岸。

为了找寻意中人，小伙子逆流而上，结果路途艰险，阻碍重重。

跟着，小伙子顺流而下，可是意中人又去哪儿了呢？

"宛在水中央。"

《蒹葭》通篇没提"思念"两个字,但通过主人公对"伊人"的追寻,我们完全体会得到他那份深埋在内心的思念。

"伊人"飘忽的身影,好像近在眼前,却怎么也触碰不到,则给这份思念增添了哀愁和失落。

第三种思念:睹物思人。

《静女》是讲述男女约会的诗篇,俩人约好了见面的地点,姑娘却迟迟没有出现,急得小伙子抓耳挠腮。

但是急也没有用,小伙子只好拿出姑娘送的彤管和白茅草反复欣赏。

彤管据说是一种像笛子的乐器,也有人说它是一种笔,不管怎样,它和白茅草真有那么好看吗?

"匪女(rǔ)之为美,美人之贻(yí)。"

不是它们精美,而是因为这是美丽的姑娘送的爱情信物,所以才显得珍贵。你们看,这小伙子多会说话!

拿着爱情信物的小伙子总算还有些盼头,可是《绿衣》的男主角就很不幸了。

一位男子看到一件绿色的衣裳,回想起"绿兮丝兮,女所治兮",这一丝丝一线线,都是妻子亲手缝制的。

可他的妻子已经去世了。

这种思念实在很痛苦,他呼喊道:"心之忧矣,曷维其亡!"我心忧伤,何时才能忘怀!

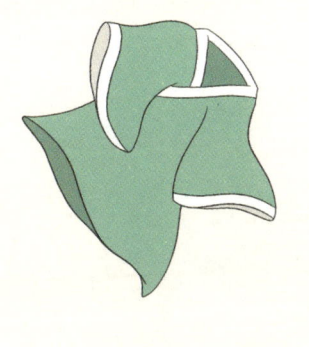

嘴上说要忘记,却又想起贤妻在世的时候,帮助自己少犯了很多错。

如今天气凉了,身上穿着单薄的衣裳,挂念起贴心的她,忍不住感叹:"我思古人,实获我心!"

当然,思念不是爱情的专利。

《葛覃》中,一个出嫁的女子,唱着歌谣制作新衣,又把脏衣服拿出来洗洗刷刷。

为什么她干起活儿来又利落又快乐呢？是因为她要回家探望父母了。

这一篇描绘的就是对父母的思念。

《桧风·匪风》里，诗人乘车出发，"顾瞻（zhān）周道，中心怛（dá）兮……顾瞻周道，中心吊兮"，回头遥望通向家乡的大道，无限悲伤涌上心头。

这反反复复的回头，就是诗人对故乡的思念。

8

盘点"诗经联盟"里的奇女子

奇女子 1 号:古代"白富美"的天花板。

"领如蝤(qiú)蛴(qí),齿如瓠(hù)犀(xī),螓(qín)首蛾眉。巧笑倩兮,美目盼兮。"

这是《硕人》里描写美人的名句,"硕"在这里有"个子高挑"的意思。

整段话大意是说这个高挑的美人呀,她的脖子像蝤蛴(天牛的幼虫)一样白皙又修长,牙齿像瓠犀(葫芦籽)那样雪白又整齐,额头宽大方正,还有一对细细长长的眉毛。

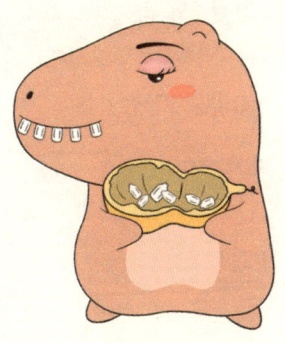

她笑的时候,嘴角一扬,眼珠一转,美得能把人的"魂"勾出来。

那么,这位美人家住几单元,可以约她去吃奥利奥麦旋风吗?

诗篇开头说她是"齐侯之子,卫侯之妻",齐国国君的女儿,卫国国君的妻子!想约人家,你得问自己两个问题:"我是国君吗?""我想坐牢吗?"

"奇女子"颁奖辞

她的美深深打动了我,
而她高贵的地位
更是让我不敢不颁奖。

奇女子2号：用温柔把你"融化"的民女。

"鸡叫了！"

"哎呀，还差一会儿天才亮呢！"

这是一间乡村小屋里传来的对话，妻子催丈夫起床，可丈夫还想再眯一会儿。

妻子当然没有把丈夫扔出去，只是提醒他启明星已经闪闪发光，丈夫只好鼓足干劲，准备外出打猎。

温柔的妻子立刻给他打气："弋言加之，与子宜之。宜言饮酒，与子偕老。琴瑟在御，莫不静好。"

等你抓到了野鸭和大雁，我为你做好饭菜，伴着一杯杯的美酒，祝我们白头到老。从此以后你弹琴我鼓瑟，岁月静好永相伴。

这些来自《女曰鸡鸣》的诗句，让我们看到了一个美满和谐的家庭模板：夫妻分工明确，把恩爱融入朴素的日常里。

"奇女子"颁奖辞

质朴、温柔的民家女，把柴米油盐的平凡日子过得如诗如画。

奇女子3号：热情奔放女。

《蒹葭》里的女主人公一会儿在河对岸，一会儿在水中央，让小伙子找她找得怀疑人生。

《褰（qiān）裳》里的姑娘就不一样了，她对着河那边的小伙子这样呼喊："子惠思我，褰裳涉溱（zhēn）。"你要是想我，就提起衣裳渡过溱河来！

小伙子还没表态呢,姑娘又喊话了:"子不我思,岂无他人?狂童之狂也且(jū)!"

别以为你不想我,我就没有别的追求者了,呵呵,你个傻小子!

几句诗文让我们看到一个不拖泥带水的女子,看似在拒绝,其实在让傻小子赶紧表态:喜欢我就过来,不喜欢就再见!

"奇女子"颁奖辞

一个奔放的女子,
一种果敢、
豁达的人生观。

奇女子4号：姐要跟你做个了断！

"氓（méng）之蚩（chī）蚩，抱布贸丝。匪（fěi）来贸丝，来即我谋。"

打某处来了个老实的男子，抱着布匹来换丝。你说他真是来换丝的吗？其实是打上了"我"的主意！

这是《氓》的开篇，一个男子拿生意做借口上门求婚来了。

在古代，谈婚论嫁是需要经过媒人的，男子冒冒失失地抱着几匹布跑上门来，希望姑娘就这样嫁给自己，简直像开玩笑一样！

后来姑娘和男子重新定好婚期，日盼夜盼，终于盼来了男子的车子。

然而诗篇还没讲述俩人婚后的幸福生活，就直接来了一段感叹："于（xū）嗟女兮，无与士耽（dān）！"好姑娘不要太迷恋男子！

  姑娘为什么发出这样的警告呢?原来她嫁给男子以后,多少年来任劳任怨,不但没有过上好日子,还被男子家暴。

  当初男子立下什么"白头到老"的誓言,谈笑时也温文尔雅,如今变了个人,说翻脸就翻脸!

《诗经》中有不少关于丈夫无情抛弃妻子的诗篇,有诉苦的,也有默默忍受的。而《氓》的女主人公则认清了丈夫的嘴脸,不再想那些谎话一样的誓言,这段关系就这样算了吧!

从盼望到失望,大家有没有从她的故事中获得一些启示呢?

"奇女子"颁奖辞

勤劳善良的女子,经历磨难后展现出了理智的一面,决定站起来做个了断!

9 《诗经》里的那些"暴脾气"

大家好,我是本书作者,上一篇我作为颁奖嘉宾连发四个大奖,后来才知道做颁奖嘉宾是没有工钱的,我真是气到爆炸!

但是再怎么生气,手上的工作还是要继续的。本人此时此刻就像《魏风·伐檀》里的那些伐木工,一边破口大骂,一边还在努力干活……

"坎坎伐檀兮,置之河之干兮……不狩不猎,胡瞻(zhān)尔庭有县(xuán)貆(huán)兮?"

树木砍得"坎坎"响,砍倒放在河岸上……你说有些人啊,从来没见他打猎,可为什么庭院里挂着猪獾(huān)呢?

伐木工们怒骂的是谁?

"彼君子兮,不素餐兮","素餐"有吃白饭的意思,这是怒斥古时候那些光吃饭不干活的贵族老爷们!

除了伐木工,《诗经》里还有不少"暴脾气"。

"硕鼠硕鼠,无食我黍(shǔ)!三岁贯女(rǔ),莫我肯顾。"

大老鼠啊大老鼠，不要吃我种的黍（即黍子，去皮后叫黄米）！辛苦多年伺候你，你却不管我死活！

这是来自《硕鼠》中的怒斥，同样是怒斥吃白饭的老爷们，但怒气值要更高一些，诗人气得直接把老爷们比作了老鼠。

《伐檀》中的伐木工似乎被困在永无止境的劳动中，显得无可奈何，而《硕鼠》的主人公多少还抱着一些希望。

"逝将去女，适彼乐郊。乐郊乐郊，谁之永号（háo）？"

我发誓要摆脱你们这些老爷，去找一片乐土。乐土呀乐土，有了你谁还用得着唉声叹气？

吐槽老爷们的不只是百姓,还有富有良知的官员。《雨无正》一篇就是一位"暴脾气"官员怒斥当政者不好好工作,害得饥荒遍地,百姓生活艰难。

那么,除了吐槽周朝的社会问题,"暴脾气"们还有别的什么要吐槽的吗?

《鄘(yōng)风·柏舟》里的女主人公喊出了一句"之死矢(shǐ)靡(mǐ)它",就算死,也不会改变心意!

姑娘为什么发出那么悲壮的呼喊?原来她有了中意的小伙子,可是母亲不同意他们在一起。

"暴脾气"的姑娘为了喜欢的人,决定和母亲"开战",呼喊出死也不变心的话语。

然而在古代,想要对抗"父母之命"是很难的,姑娘于是又发出悲愤的呼声:"母也天只,不谅人只!"老天啊,老娘啊,你们咋就不肯体谅我呢!

《诗经》中除了怒斥他人的,还有"雨露均沾"啥都骂一遍的。

《正月》一篇写道:"赫赫宗周,褒姒(bāo sì)威之。"

兴盛的周王朝,居然因为周幽王的宠妃褒姒而灭亡。这是骂国家的衰亡。

"念我独兮,忧心殷殷。"

想到自己孤单一人,心里就充满了忧伤。这是吐槽自己单身。

"哿（gě）矣富人，哀此惸（qióng）独！"

富人家里欢乐多，穷人家里最孤独！这是批评贫富悬殊的社会现象。

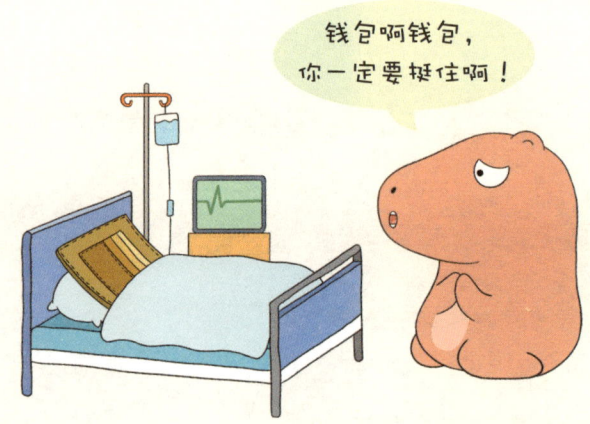

10

"钻"进《诗经》里，办一场古代婚礼

"取妻如之何？必告父母。"

"取妻如之何？匪媒不得。"

妻子怎么娶回家？必须先告诉父母！妻子怎么娶回家？少了媒人不答应！

这是《齐风·南山》里的诗句，道出了古人结婚必须遵守的两大规则：父母之命，媒妁之言。

父母之命就是长辈的意见，虽然古代也有自由恋爱，但数量极少。

媒人相当于中介，全凭一张巧嘴跟两条腿，东奔西跑撮合男男女女。

那么，遵从了这两大规则之后，古人的婚礼又是怎样的呢？

儒家著作《礼记》讲述了结婚的六道手续，被称为"六礼"，分别是纳采、问名、纳吉、纳征、请期、亲迎。

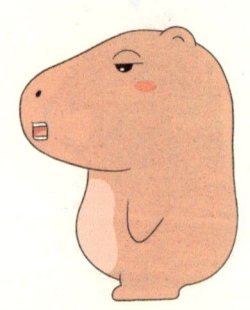

1. 纳采

男方看中了某个姑娘,需要请媒人去女方家里通个话,女方的家长如果同意这门婚事,就收下男方送的礼物。

纳采用的礼物一般是"大雁",一种说法认为大雁代表着忠贞。

2. 问名

要娶人家姑娘还不知道人家叫什么,没有搞错吧?

其实问名还包括问女方的生辰八字,就是出生日期,然后找人推算一下两个人的命运怎么样。

在古代就有人反对这种做法,清朝长篇小说《镜花缘》认为,两个人"品行纯正,年貌相当,门第相对"就行了。

3. 纳吉

如果算出来两个人的生辰八字配得上,男方要把这个好消息告知女方。

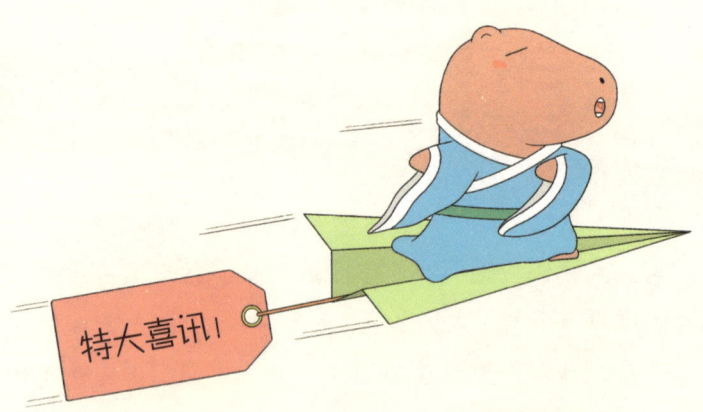

4. 纳征

到这里,男女的婚事基本定下来了,男方应该给女方家送礼物了,也就是下聘礼。

聘礼根据个人的财富、地位以及地方风俗的不同,有送黄金白银的,也有送点布匹啊、牛羊啊之类的。

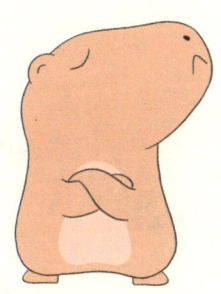

5. 请期

男方定好结婚日期并将它告知女方家,如果女方家觉得不合适,双方可以另外商量结婚的日子。

6.亲迎

亲迎,也称迎亲。到了结婚的日子,男方去女方家把新娘接过来举办婚礼。

由于朝代和各地风俗的不同,亲迎的方式也是花样繁多,比如南北朝时期,新郎要带上一群人大声呼唤,催新娘子梳妆出嫁,这种风俗叫作"催妆"。

唐朝继承了这种风俗,并发展出了"催妆诗"。

总之,整个六礼的流程走下来非常烦琐,它一般适用于王公贵族跟家底厚实的人家,普通百姓可没有那么多钱来折腾,某些流程能省略就省略了。

弄明白了古代婚礼的流程，我们去《诗经》的婚礼现场简单逛一逛。

《氓》："尔卜尔筮（shì），体无咎（jiù）言。"

大意是，占卜问神仙，没有得到不吉利的结果。

这表示"老天爷"同意你们结婚了。这就是"问名"。

"之子于归，百两御之。""之子于归，百两将之。""之子于归，百两成之。"（《召南·鹊巢》）

姑娘要出嫁，车队来迎接。姑娘要出嫁，车队来相送。姑娘要出嫁，车队来成全。

这几行诗，描绘的是六礼中的哪一环，你能说出来吗？

"穿越"到《诗经》里当贵族

《诗经》里的贵族都过着怎样的生活呢?

"呦(yōu)呦鹿鸣,食野之苹。我有嘉宾,鼓瑟吹笙(shēng)。"

原野上,鹿儿呦呦地叫唤了几声,悠然地吃起了藾(lài)蒿。"我"有嘉宾,又鼓瑟来又吹笙。("苹"不是苹果,也不是浮萍,而是一种叫藾蒿的草。)

这是《鹿鸣》中描写的贵族宴会,伴着鹿鸣和乐声,环境非常优雅。

在这美好的环境里,客人又是什么样的呢?

"我有嘉宾,德音孔昭。"我有嘉宾,谈吐高雅道理明。

跟着,嘉宾纷纷为主人献上礼物,主人也赶紧拿出美酒来分享。

在这里,我们看到的是一场欢快、高雅的聚会,在座的都是谦谦君子,但是也有一些贵族就喜欢整点儿"俗"的。

《宾之初筵》是嘲讽贵族在宴会上饮酒无度的诗篇。

"宾既醉止,载号(háo)载呶(náo)。"

这些客人一喝醉啊,个个鬼哭狼嚎的。

不仅如此,还有人"舍其坐迁,屡舞仙仙",离开座位,疯疯癫癫地跳舞。

贵族开宴会,不但酒水管够,饭菜也非常丰盛。

《鱼丽》一篇列举出鲂鱼、黄颊鱼、鲇鱼、鲨鱼等菜肴,通过丰富的鱼类来体现贵族宴会的奢华。

不过多亏了社会和科技的进步,我们普通人如今也可以享受到数千年前的贵族美食了。

除了宴会,打猎也是贵族常有的娱乐活动,尤其跟着天子去打猎,那是相当威风!

《车攻》:"田车既好,四牡孔阜(fù)。"狩猎的战车准备妥当了,再看看出行用的四匹宝马,高大又健壮!

一起出发的还有浩浩荡荡的随从队伍,整个场面非常宏大。

看到这里,是不是觉得贵族不是吃喝就是玩乐,很会享受生活?

来看《山有枢(shū)》里的另类贵族:"子有衣裳,弗曳弗娄。子有车马,弗驰弗驱。"

你有好衣裳,不穿也不披。你有好车马,不坐也不骑。

这里说的是一个非常小气的贵族。

这个小气的贵族可以说是应有尽有,却不肯享受生活,有庭院却不打扫,宁愿让它空着落灰,有乐器也舍不得拿出来演奏。

写诗的人也是为这个贵族操碎了心,很不客气地说:"宛其死矣,他人入室。"

这些东西不用你就留着吧,等你死了,让别人进你家来好好享用!

撇开另类贵族不说,做个正常的贵族也不是整天在吃喝玩乐,一些贵族还是要工作的,比如掌管祭祀活动,或者领兵打仗,那些忧国忧民的贵族还要辅佐天子治理国家。

贵族还得有稳住家业的能力，否则成了没落贵族，日子会变得很艰难。

《权舆（yú）》这样写道："每食四簋（guǐ），今也每食不饱。"

想当年，一餐能有四大碗，如今顿顿吃不饱……

12
古代农夫一年四季都在忙些啥？

如果你穿越到周朝，却没有当上贵族怎么办？

没关系，这一篇会让不服气的你……迅速适应当农夫的日子。

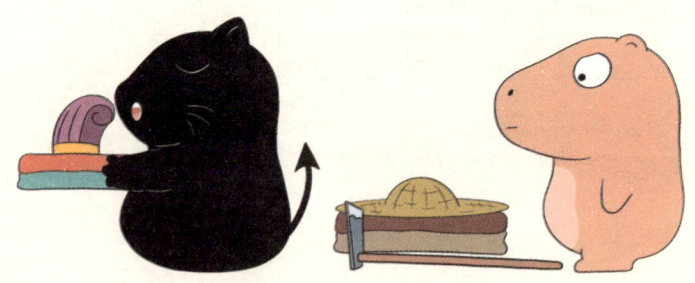

《七月》是《国风》里篇幅最长的一首诗。

可《七月》既不是爱情诗，也不是歌颂君王的诗，那到底是什么比这俩更重要呢？

当然是农业！

《七月》展现了西周时期农民一年到头的繁重劳动和艰苦生活,但叙述上并没有严格按照时间顺序来,避免了流水账式叙事。

比如诗篇的第一句:"七月流火,九月授衣。"

"火"是天蝎座里的一颗恒星,古代叫"大火",现代叫"心宿二"。

这句诗大意是,七月,"大火"向西方偏移,九月,就该缝衣裳了。

但是为了大家看得方便,这里按照时间顺序来给大家梳理一遍。

正月修农具，二月去耕田，三月修剪桑树枝，四月呢？远志花儿要吐穗。

五月知了声声叫，六月采摘野葡萄，七月煮葵又煮豆。

八月打枣，九月修谷场，十月收稻谷。十一月上山打猎，十二月"交流切磋"。

这是交流啥呢？当然是猎人们聚在一起交流打猎技巧。

小补充：诗篇中的月份是夏历和周历混合运用，其中夏历又叫农历，而周历是以农历十一月为"正月"。总之和我们现在用的公历不同就是了。

《七月》的内容非常丰富，除了农业活动，它还介绍动物的习性。

"七月在野，八月在宇，九月在户，十月蟋蟀入我床下。"

蟋蟀们七月在野外撒欢，八月来到屋檐下边，九月就进了屋，十月躲到了床底下。

通过整个诗篇，我们可以感受到农民们一年四季的忙碌。

同时还能看到他们辛酸的一面，当猎人抓到狐狸，要把皮毛献给贵族；捕获到大的猎物也要献给贵族，自己只能留下小的。

当然，辛苦了一年，人们还是要庆贺的。在一年的农活结束以后，大家便拿出美酒，烹煮羊羔，向主人敬酒，再贺上一声"万寿无疆"。

诗篇就在这喜庆的氛围里画上句号。

《诗经》里还有不少描写农业的诗,比如《小雅·甫田》提到了锄草、培土,《小雅·无羊》讲的是放牧……

这些诗篇给后人留下了重要的农业生产经验,也让我们感受到中华民族自古就有的务实精神。

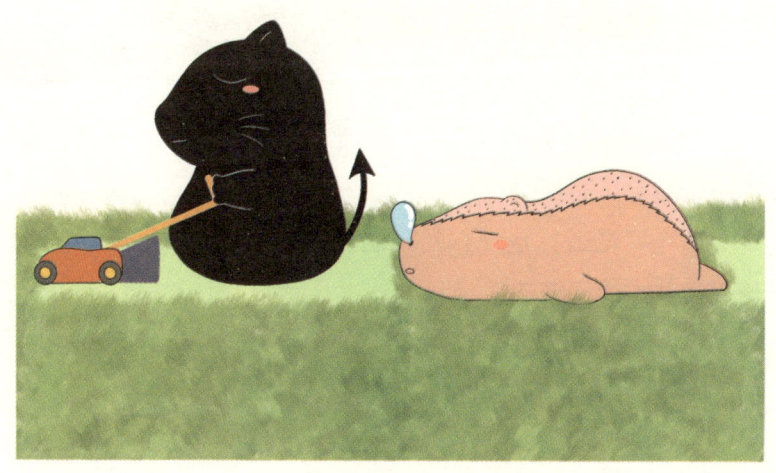

快来《诗经》里逛"动物园"

"鼍（tuó）鼓逢逢"是《大雅·灵台》里的一句诗，意思是鼍鼓敲得嘭嘭响。

这个"鼍鼓"是什么呢？鼍，又叫"猪婆龙"，鼍鼓就是用猪婆龙的皮做的鼓。

清代志怪小说《聊斋志异》有一则关于猪婆龙的故事，书上说这种动物长得像龙，但身材短小，能横飞。

有人捉到了一头猪婆龙，把它绑起来放在船上。后来船只停在钱塘江边，猪婆龙挣脱绳子逃了，跟着江面上掀起巨浪，把船只卷入了水底……

看到这里你可能要诧异了,用"龙皮"做鼓,简直是哪吒行为啊!

其实猪婆龙并不是龙,它的真实身份是"扬子鳄",主要分布在我国的长江中下游等地区。

在古代,一部分被捕捉的扬子鳄被用于制作鼓和盔甲。而在今天,扬子鳄由于数量稀少,已经被列为国家一级保护动物,严禁捕杀。

《诗经》里记录的动物非常丰富，比如千古名句"关关雎鸠"里的雎鸠。

主流说法认为雎鸠是"鱼鹰"，一种生活在水边，捕食小鱼和青蛙的猛禽。

另有一些人不同意这种说法，他们认为鱼鹰长得太凶了，怎么能代表爱情呢？

《诗经》里还提到一种神兽——兕（sì）。

《小雅·何草不黄》写道："匪兕匪虎，率彼旷野。"我们不是神兽也不是猛虎，为什么整天要在旷野里穿行？

这首诗的主人公是古代的征夫,也就是在外征战的士兵,他们用这句诗来吐槽行军打仗的辛酸。

说回兕,它长得像水牛,浑身青黑色,头上有一只角。

根据这个描述,一些人认为兕就是犀牛,但是《山海经》描写"祷过山"这个地方时说"其下多犀、兕",山下生活着很多犀牛和兕,二者被分别列举出来,可见它们还是有区别的。

再来看《东山》里的几句诗:"伊威在室,蟏(xiāo)蛸(shāo)在户。町畽(tuǎn)鹿场,熠(yì)耀宵行。"

大家猜猜看,这16个字提到了几种动物?

答案是4种!

鹿就不用多说了。"伊威"就是鼠妇,又叫地虱、湿生虫等。

"蟏蛸"也叫"喜蛛",是一种身体呈暗褐色的蜘蛛,身子细,腿特长。

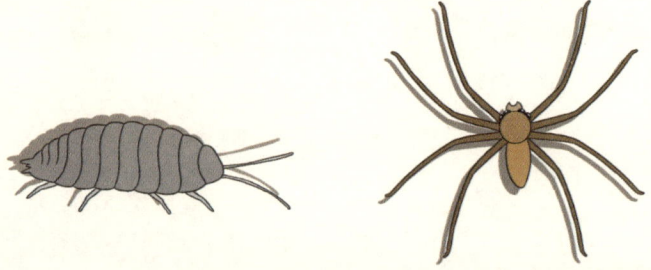

"宵行",光看字还以为是晚上走路的意思,其实它是萤火虫。

《诗经》里提到的动物非常多,篇幅有限,这里就不再一一列举了。

来看看隔壁的植物园吧

一个周朝的猎人,采来一捆"草"准备送给心上人。你大概想问,猎人的心上人是马吗,送草是什么意思?别急,来看一首诗。

"林有朴樕(sù),野有死鹿。白茅纯(tún)束,有女如玉。"

这是《野有死麕(jūn)》里的诗句,大意是说,猎人刚刚打到了一只小鹿,用白茅草把它捆起来,送给那如花似玉的女子。

原来猎人不是去送"草",而是用它"包装"礼物。

这种草也不是无名野草,它叫作"白茅"。新生的白茅柔软又洁白,除了用于包装,它还被用来形容女子纤长白净的双手。

猎人的礼物虽然贵重,但是给姑娘扛一头死鹿送过去还是太隆重了,所以古代的青年男女和今天的我们一样,也爱送点花花草草。

《郑风·溱洧》写道:"维士与女,伊其相谑(xuè),赠之以勺药。"

男男女女互相调笑,送上勺药表心意。勺药即"芍药",在古代,相爱的人即将分别时会赠送这种植物,因此它又叫作"将离草"。

芍药可以入药,而在《关雎》中,一种可以食用的水生植物也被用来代表爱情,它就是"荇菜"。

真是眼里有爱,看啥都浪漫!

到这里,一些植物就有意见了:"咱生下来是给你们搞爱情用的吗?咱没有其他价值的吗?"

当然有其他的实用价值,比如给衣服染色。

《郑风·出其东门》中提到一种叫茹(rú)藘(lǘ)的植物,它又叫"茜草",古人会采集它的根部用来染色,制作出红色的衣服。

再来看《鄘风·定之方中》里的诗句:"树之榛(zhēn)栗(lì),椅桐梓漆,爰伐琴瑟。"

榛树、栗树、椅树、桐树、梓树和漆树,砍成木材做琴瑟。

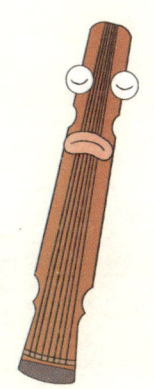

榛树、栗树、桐树和梓树可以作为木料使用,但是木头容易受潮,还容易被虫子啃咬,这时就轮到漆树上场了。

漆树的树汁是一种天然涂料,用它制作的器物被称为"漆器"。漆器不但外表光亮、美观,还能防虫防潮。

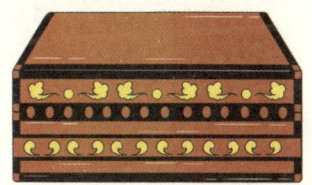

最后来看《卫风·伯兮》中提到一种草:"焉得谖(xuān)草?言树之背。"

谖草哪里找?找来种在屋旁。

谖草,又叫"忘忧草"。《伯兮》的女主人公因为太过思念丈夫,心痛的她希望能找到忘忧草,解除自己的痛苦。

但现实是，谖草就是黄花菜，它做菜还行，忘忧的话也不是不行……

《诗经》里出现的植物如果用来涮火锅，怕是一个月都涮不完，还是在下面的图里简单浏览一下吧。

薇
《采薇》

棘
《园有桃》

蒌（lóu）
《汉广》

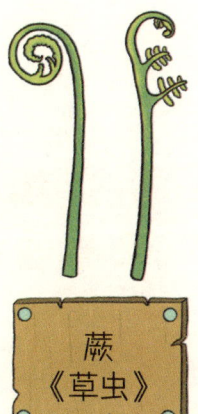
蕨
《草虫》

饭要怎么吃？
来看看古人饮食的规矩

看到这个标题，爱干饭的同学马上点了个"踩"，不会吧，饭还不知道怎么吃？

如果回到周朝，你知道周朝人一天吃几顿饭吗？你知道是几点开饭吗？

一个周朝的普通人，每天一般是吃两顿饭。

周朝把一天划分为十二个时间段，其中上午七点到九点被称为"食时"，下午三点到五点被称为"哺（bū）时"。

这两个时间段就是古人一日两餐的饭点。

当然也有例外,《周礼》中写道:"王齐,日三举。"大意是说天子在斋戒期间,一天要烹煮牛羊等三次,就是一日三餐了。

虽然"一日三餐"出现得很早,但只有贵族跟富裕的人

家才能这么享受,一直到了宋朝,随着经济的发展,一些普通人才过上了一天三顿饭的生活。

遇到特殊情况,一餐也不吃的人也是有的。

《郑风·狡童》中写道:"彼狡(jiǎo)童兮,不与我言兮。维子之故,使我不能餐兮。"

你个小滑头,干吗不跟我说话?就因为你啊,害得我吃不下饭!

这是一个被心上人冷落的女子,难过得茶饭不思。

弄清楚了饭点,你还得知道古人吃饭的规矩。

首先,座位不能乱坐。古人一般讲究"尚左尊东",左边和东边是尊贵的位置,要留给长辈或者地位高的人。

这里的左边和东边要根据屋子的布局等具体安排,是比较复杂的。

还要注意,如果客人的身份比较尊贵,主人要等客人先动筷子。

吃肉也要讲顺序,比如先吃肋脊再吃腿。

主人赐酒,身份低的客人要起身拜谢,身份相当的话就不用了。

现在规矩你都懂了,但是为了你的生命安全,还有一件事你要留意!

"我行其野,言采其蓫(zhú)。"我在野外走,随手摘蓫叶。

这是《小雅·我行其野》里的诗句,"蓫"是一种草。由于古代的生产力有限,人们会采摘这种草来充饥,但是吃多了会拉肚子。

《大雅·绵》中还提到了"堇菜"。在我国古代,很多植物都被叫作"堇",其中一种是"紫堇",它可以入药,也有人把它当野菜吃。

需要注意的是,紫堇有一定毒性,不能乱吃。

最后,周朝人会用什么来做饭呢?
话不多说,看图。

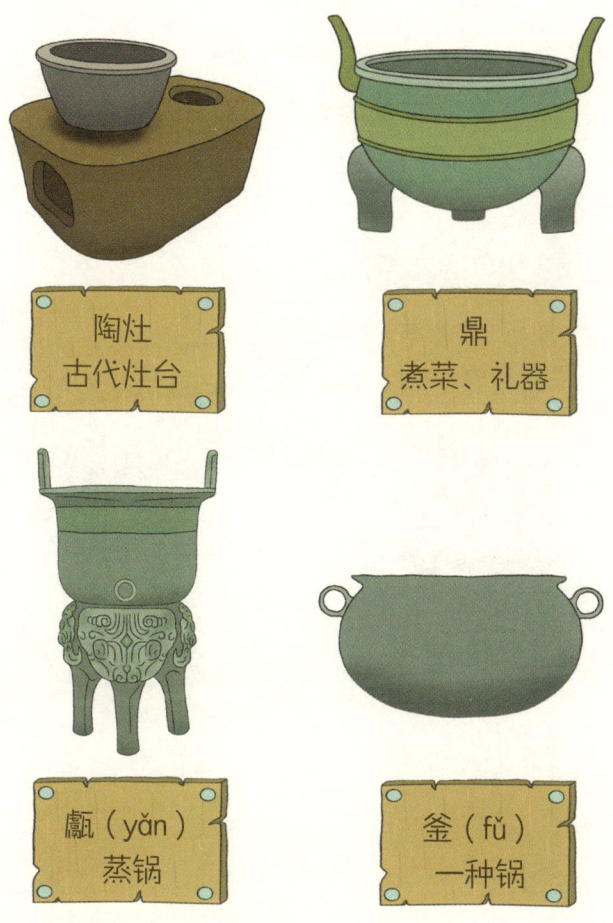

16 周朝穿衣指南

《诗经》里面有一篇叫《无衣》,原来周朝人不穿衣服!

喂,你们的病人跑出来了你们不知道吗?

周朝人不但穿衣服,而且有非常严格的穿衣制度,也就是"冠服制度"。

冠是指帽子,在周朝,男子20岁、女子15岁时要举行成人礼,从这时起,男子要戴上帽子,女子要把头发扎起来,然后插上笄(jī)。

笄,是一种发簪,用来固定挽起的头发。

至于衣服，西周的服装在形式上主要是"上衣下裳"，男女都这么穿。

到了春秋战国时期，上衣和下裳被"连接"起来，成了深衣。

上衣下裳　　　　深衣

在周朝服饰里,最华丽的要数"冕服",也就是礼服。

周朝的冕服共有六种,根据花纹、颜色、材质等来划分高低等级。

其中最隆重的是"大裘(qiú)冕",拥有日月星辰等十二种纹饰,是天子祭天时穿的礼服。

冕服

比冕服低一个等级的衣服叫"弁(biàn)服",可以当成是天子和群臣上朝时穿的"工作服",外出田猎或者征战时也会使用。

其中的"弁"是一种帽子,用白鹿皮缝制的叫"皮弁",缝合处还会用玉做装饰,非常华丽。

说到衣服的材质,丝绸和贵重的狐狸皮毛制成的衣服,是贵族才穿得起的。老百姓一般用葛或者麻等植物纤维搓成线,再用它们来编织衣服。这种衣服没有丝绸的衣服柔软,做工也比较粗糙。

周朝人还喜欢给衣服加点配饰,最受欢迎的要数玉器,身份越尊贵的人,身上佩戴的玉器就越贵重。

玉的颜色也能代表一个人的地位,《礼记》写道"天子佩白玉""大夫佩水苍玉",天子佩戴白色的玉,士大夫佩戴水苍色的玉。

玉也是品德的象征。

《卫风·淇奥》写道:"有匪君子,如切如磋(cuō),如琢如磨。"

"切磋琢磨"是玉石的加工过程,这句诗是夸某些人经过磨砺,成了美玉一样的谦谦君子。

现在回到开头提到的《无衣》这首诗。

"岂曰无衣？与子同袍。"

谁说没有衣裳穿？让我和你同穿一件战袍。

"王于兴师,修我戈(gē)矛。与子同仇!"

君王发兵,我修戈矛。与你同仇敌忾(kài)!

原来不是穷得俩人穿一件衣服,而是表达将士们的团结精神,大家穿着同样的衣服,去面对共同的敌人。

眼睛都给我瞪大了,别让敌人混进来!

17 古人出行可以"呼叫"哪些交通工具?

古人要出行,可以使用哪些交通工具呢?

首先要看看你的身份,如果你是普通老百姓,那你多半只能靠两条腿走路了。

一旦你有了点儿地位,年纪也不小了,就可以减少步行,这是一种"礼"。《礼记》写道:"君子耆老不徒行。"贵族的老者不应该徒步行走。

《论语·先进篇》记载,孔子的学生颜渊去世了,颜渊的父亲家境贫穷,只好请求孔子卖掉马车,给颜渊做一个"椁",也就是套在棺材外面的"外壳"。

孔子拒绝卖车,然后这样回复颜渊的父亲:"吾不徒行以为之椁。以吾从大夫之后,不可徒行也。"意思是,我不能徒步行走来给颜渊置办椁,我曾经做过士大夫,不可以徒步。

这也反映了孔子对"礼"的谨慎态度。

不能步行，身为贵族可以有很多种选择，比如坐牛车和马车。《邶风·泉水》中提到："驾言出游，以写（xiè）我忧。"驾车出游，解我忧愁。

有些贵族的马车还不是一匹马拉一辆车，得是四匹马才够气派！

《秦风·渭（wèi）阳》讲述的是秦康公送舅舅晋文公回国的故事，离别时秦康公送给舅舅"路车乘黄"。

"路车"是诸侯乘坐的豪华马车，"乘黄"是指四匹黄色骏马。

有了马车，周朝还专门给你修建了"高速公路"，好让你坐得舒服。

《小雅·四牡》："四牡骓（fēi）骓，周道倭迟。"
四匹骏马飞奔个不停，那宽广的大道迟迟不见终点。

"周道"原本是指周朝官方修建的道路，后来泛指平坦宽阔的大道。

那如果你不爱坐马车，就想骑马，可以吗？

在西周多半是不行的。

《春秋左传正义·孔疏》写道："马以驾车，不单骑也。至六国之时始有单骑。"

马是用来拉车的，不能骑，到了战国时才出现单独骑马的情况。

当然，战国以前的少数民族还是骑马的。

赵武灵王就是看到少数民族穿着胡服骑马射箭，作战能力比较强，才会推广"胡服骑射"。

你可能还在电视剧里看到过轿子，轿子在我国倒是出现得比较早。

河南省固始县侯古堆古墓出土了战国时的"漆木肩舆"，肩舆就是一种古老的轿子。

下图为经过修复的"漆木肩舆"，收藏于河南省信阳博物馆。

唐代以前，天子或者贵族才有资格坐轿子。

唐宋以后，普通百姓也能坐，但是一般只能坐两个人抬的轿子，四人和八人抬的轿子，主要是皇帝和官员乘坐的。

总结一下，古人的出行方式对比我们今天的出行方式，最大的特点是什么呢？慢！

哪怕坐马车，速度可能还赶不上一辆"小电驴"。

一旦相隔太远，相见也会很难，古人在离别时才会那么不舍和感伤。

《邶风·燕燕》:"之子于归,远于将之。瞻望弗及,伫立以泣。"

妹妹要回娘家了,把她送了一程又一程。等到看不见她的背影,只能伤心地站在路边哭泣。

你走得好快啊,一下子就看不到你了!

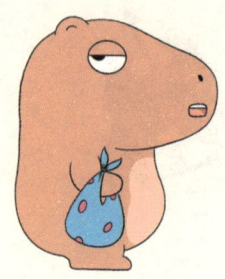

要不你先回个头再说?

18 周朝"城里人"的日常

故宫原本是明清两朝的皇宫,现在你可以进去遛遛弯,顺便参观文物。

如果回到周朝,一个普通人"下了班",可以去什么好玩的地方玩呢?他可以买个票,然后去周武王的宫殿里遛个弯吗?

这是武王免费送你的牢房十日游。

周朝的城市有很严格的区域划分,搞懂这个之前,还是不要乱跑比较好!

住在"郊"和"野"的当然是平民,那"城"里的贵族和平民又是怎么划分界线的呢?

《管子》里有描述,士族住在清静的地方,工匠住在靠近官府的地方,商人住在市场附近。

总之就是"员工"要住在"公司"附近,方便"上班"。

贵族的娱乐在前面已经讲过,那生活在城门附近的普通人可以做些什么呢?

普通人当然以从事生产活动为主,偶尔闲下来的话,赶紧去约会吧!

《郑风·子衿》:"青青子衿,悠悠我心。纵我不往,子宁不嗣音?"

你的衣领颜色青青,我的心它忧愁不断。我不去看你,你就不能主动给我发个话吗?

诗的主人公是一个约会"失败"的女子,她的心上人一点音讯都不发来,害得她只能苦苦思念。

"挑兮达兮,在城阙(què)兮。一日不见,如三月兮。"

我孤孤单单地徘徊,在那"城阙"上苦苦盼望。唉,见不到你的日子,一天就好像三个月那么漫长!

城阙是城门两边高高的小楼,很适合用来"监视"心上人。

等不到心上人,女子会想些什么来打发时间呢,比如这座让她伤心的城是怎么一砖一瓦建立起来的?

《大雅·绵》:"周原膴(wǔ)膴,堇荼(tú)如饴(yí)。"

周原的土地好肥沃,堇、荼这样的苦菜种出来都像糖一样甜。

首先当然要选好地址,古公亶父(周文王的祖父)看中了"周原",接着才来划定疆界,做好城市规划,然后率领族人把荒地开垦出来。

"乃召司空,乃召司徒……"司空是掌管土木工程的官员,司徒是掌管土地和调配劳力的官员。

"其绳则直,缩版以载……"准绳拉直,捆好夹板,筑起笔直的墙壁。

"百堵皆兴,薨(gāo)鼓弗胜。"

上百堵墙拔地而起,就连鼓声都盖不过人们劳动的声音。

房舍修建完毕,道路也要重视。周人铲除掉野树和灌木,把道路修得宽阔又顺畅。

视野开阔了,那些想要搞偷袭的敌人自然就无处躲藏了!

19
连东风都能借？
古代祭祀究竟是怎么一回事？

《三国演义》第四十九回讲了这样一个故事，曹操率八十万大军前来攻打孙权和刘备。面对曹操浩浩荡荡的船队，周瑜和诸葛亮想到了一条妙计！

可惜万事俱备，只欠东风。如果不刮东南风，又怎么能让曹操的船队烧成一片呢？

就在人人都束手无策的时候,诸葛亮非常淡定地开坛祭风,看得大家一愣一愣的,这能有用吗?

到了开战的这一天,居然真的刮起了东南风!

借着风力,孙刘联军放出二十条火船,直冲入曹操的水寨……

看着自己的船队烧成一片火海,曹操知道失败已成定局,只好跳进一艘小船逃命去了……

"祭风"属于古代的一种祭祀活动,那么,"祭祀"真的能借到风吗?如果不想借风,借点钱行吗?

首先,诸葛亮借东风只是个故事,东风来不来是自然现象,跟诸葛亮借不借没有关系。

至于祭祀,简单地说就是祭天地,拜祖先,表现出来的是对天地的敬畏,以及对祖先的尊敬和缅怀。

那你可能又要说了,祭祀好像一点用也没有嘛!

祭祀是我国古代"礼乐文化"中的重要内容,其中"礼"是指礼节、礼仪,"乐"是指音乐、诗歌等文化艺术。

周朝非常重视礼乐文化,《诗经》中的《雅》和《颂》有不少关于祭祀的诗篇。

《小雅·楚茨》:"我仓既盈,我庾(yǔ)维亿。以为酒食,以享以祀(sì)。"

仓库里堆满了粮食,用它们做成酒和饭,献给天地和祖先。

古人通过祭祀来纪念祖先，或是向神灵和祖先祈求保佑等。

祭祀时需献上一些祭品等表示尊敬和谢意。

除了前面提到的酒和饭，常用的祭品还有猪牛羊。

单独用一头牛或者猪牛羊全用，叫"太牢"，是规格最高的祭品，只许天子祭祀时使用。

猪或者羊叫作"少牢"，供诸侯、卿大夫等地位低于天子的人使用。

献上祭品之后,还要说几句好话,跟天地、祖先把关系搞好。

"先祖是皇,神保是飨。"

欢迎祖先大驾光临,有请各位神明品尝美食。

不光要请祖先"吃饭",主持祭祀的天子、诸侯等人也要一同享受美食。

"献酬(chóu)交错。礼仪卒度,笑语卒获。"

主人和客人互相敬酒,一举一动彬彬有礼,欢声和笑语也都有规有矩。

"礼仪既备,钟鼓既戒,孝孙徂位。工祝致告。"

祭祀的仪式接近尾声,奏乐的钟鼓准备起来。各位孝子孝孙回到原来的位置,然后由祝官传达祖先和神灵的旨意。

旨意传达完,祭祀就基本结束了,这时要奏响音乐,欢送祖先和神灵。

但是别以为这样就完了,"乐具入奏,以绥(suí)后禄",接着奏乐,接着舞,那些祭品也别浪费,大家赶紧拿来品尝!

古代的祭祀活动是很频繁的，逢年过节都要祭祀，比如祭灶王爷。为了表示对圣人的尊敬和怀念也要祭祀，比如祭祀孔子。遇到皇帝登基、公主出嫁等皇家大事，或者什么地方发生旱灾，都得祭祀一番……

祭祀是古人日常生活的一部分，它体现的是古人的信仰和文化习俗，传达的是古人希望国家太平、家庭美满、子孙幸福的美好愿望。

征夫的眼泪：
一生征战，一身辛酸

《诗经》中有一类人，为了让男男女女们可以浪漫约会，君王大臣们可以安心祭祀，这些人必须扛起保家卫国的重任。这些人就是征夫。

那你知道在外征战的他们过着怎样的生活吗？

"王旅啴（tān）啴，如飞如翰（hàn），如江如汉，如山之苞（bāo），如川之流。"

王朝的军队浩浩荡荡，行起军来如同鸟儿之飞翔。如同江水之奔涌，又如同山峦之稳固，如同川流之滔滔。

《大雅·常武》的这段描述，展现了征夫的英勇神武。

可是风光的背后，隐藏着征夫无尽的辛酸。来看《小雅·采薇》中的诗句。

"采薇采薇，薇亦柔止。曰归曰归，心亦忧止。"

采薇菜、采薇菜，采来软软的薇菜苗。回家吧、回家吧，越说心里越忧伤。

"忧心烈烈,载饥载渴。我戍(shù)未定,靡使归聘。"

我心急、心伤,又饥、又渴。可怜驻地不固定,没人帮忙传家书。

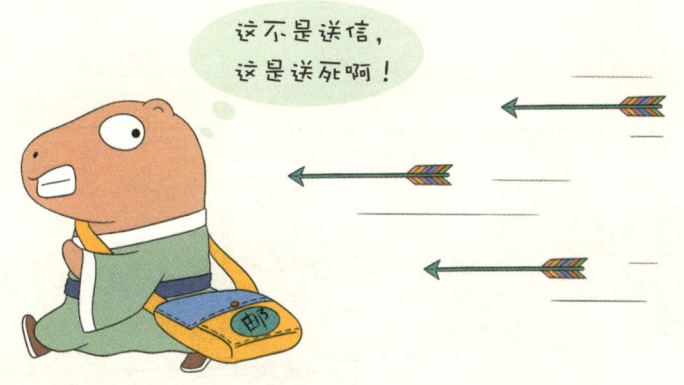

征夫们不但要忍受对家的思念,征战的辛苦也是常人难以想象的。

"岂敢定居?一月三捷。"

不敢妄想找个地方安定下来,因为一个月要征战好几回!

好不容易踏上回家的路途，征夫们的结局又是怎样的呢？

"昔我往矣，杨柳依依。今我来思，雨雪霏（fēi）霏。行道迟迟，载渴载饥。我心伤悲，莫知我哀！"

想我刚出征时，杨柳依依。如今踏上归途，大雪纷飞。道路泥泞难走，腹中又饥又渴。唉，我心伤悲，谁知我痛！

《魏风·陟岵（zhì hù）》中的征夫更加凄凉，由于见不到家人，他只好爬上高山，眺望故乡的方向。

听不到家人的言语,他就在脑海中幻想父母对自己说:"你昼夜操劳,要当心自己的身体啊!"

最悲壮的是诗的最后一句,作者幻想兄弟对自己说:"犹来无死!"你一定要回来,不要死在他乡……

征夫的凄凉和辛酸我们看到了,那征夫的家人又是什么处境呢?

《邶风·击鼓》的主人公四处征战,有家不能回,这时他想起了对妻子的誓言:"'死生契阔',与子成说。执子之手,与子偕老。"

我们约定好生死不离,也约定好牵着你的手一起老去。

但是因为战争的存在,诗人的妻子也许再也见不到自己的丈夫,诗人的诺言也无法兑现了。妻子恐怕只能在思念和等待中一天天老去了……

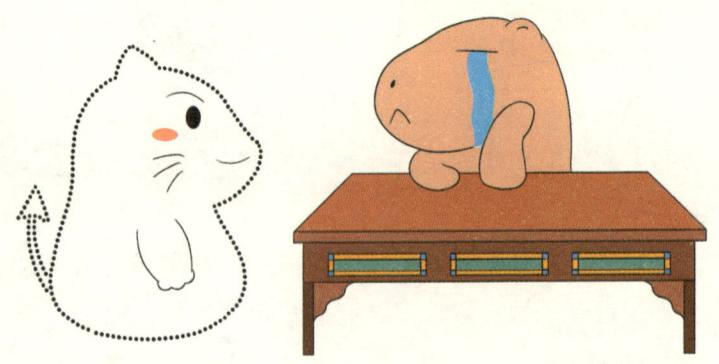

前面的诗篇都是从征夫的视角出发,《君子于役》则是从家人的视角叙事。

"君子于役(yì),不知其期,曷至哉?"

丈夫外出征战,不知道哪年哪月才能回来,也不知道到了哪里。

"日之夕矣，羊牛下来。君子于役，如之何勿思！"

太阳落山了，牛羊回家了。丈夫却还在征战，让我怎么能不想他！

牛羊都有家可归，丈夫却没有归期，怎能不让人伤心、无奈？

通过这些诗篇不难想到，不论古今，国家的安定都是有人付出、有人牺牲才换来的，《诗经》的流传会让我们世世代代记住他们。

快乐读诗经

巷伯

萋(qī)兮斐(fěi)兮,成是贝锦。彼谮(zèn)人者,亦已大(tài)甚!

哆(duō)兮侈(chǐ)兮,成是南箕(jī)。彼谮人者,谁适与谋?

缉缉翩翩,谋欲谮人。慎尔言也,谓尔不信。

捷捷幡(fān)幡,谋欲谮言。岂不尔受?既其女(rǔ)迁。

骄人好好,劳人草草。苍天苍天,视彼骄人,矜(jīn)此劳人。

彼谮人者,谁适与谋?取彼谮人,投畀(bì)豺虎。豺虎不食,投畀有北。有北不受,投畀有昊(hào)!

杨园之道,猗(yī)于亩丘。寺人孟子,作为此诗。凡百君子,敬而听之。

伐檀

坎坎伐檀兮,置之河之干兮,河水清且涟猗。不稼不穑(sè),胡取禾三百廛(chán)兮?不狩不猎,胡瞻(zhān)尔庭有县(xuán)貆(huán)兮?彼君子兮,不素餐兮!

坎坎伐辐兮,置之河之侧兮,河水清且直猗。不稼不穑,胡取禾三百亿兮?不狩不猎,胡瞻尔庭有县特兮?彼君子兮,不素食兮!

坎坎伐轮兮,置之河之漘(chún)兮,河水清且沦猗。不稼不穑,

胡取禾三百囷(qūn)兮？不狩不猎，胡瞻尔庭有县鹑兮？彼君子兮，不素飧(sūn)兮！

载驰

载驰载驱，归唁(yàn)卫侯。驱马悠悠，言至于漕。大夫跋(bá)涉，我心则忧。

既不我嘉，不能旋反。视尔不臧(zāng)，我思不远。既不我嘉，不能旋济。视尔不臧，我思不閟(bì)。

陟(zhì)彼阿丘，言采其蝱(méng)。女子善怀，亦各有行。许人尤之，众稚且狂。

我行其野，芃(péng)芃其麦。控于大邦，谁因谁极？

大夫君子，无我有尤。百尔所思，不如我所之。

蜉蝣

蜉(fú)蝣(yóu)之羽，衣裳楚楚。心之忧矣，于我归处。

蜉蝣之翼，采采衣服。心之忧矣，于我归息。

蜉蝣掘(jué)阅(xué)，麻衣如雪。心之忧矣，于我归说。

生民

厥(jué)初生民？时维姜嫄(yuán)。生民如何？克禋(yīn)克祀(sì)，以弗无子。履帝武敏歆(xīn)，攸介攸止。载震载夙(sù)，载生载育，时维后稷(jì)。

诞弥厥(jué)月，先生如达。不坼(chè)不副(pì)，无菑(zāi)无害，以赫厥灵。上帝不宁，不康禋祀，居然生子。

诞寘(zhì)之隘巷，牛羊腓字之。诞寘之平林，会伐平林。诞

寘之寒冰，鸟覆翼之。鸟乃去矣，后稷呱(gū)矣。实覃(tán)实讦(xū)，厥声载路。

诞实匍(pú)匐(fú)，克岐克嶷(nì)，以就口食。蓺(yì)之荏(rěn)菽(shū)，荏菽旆(pèi)旆。禾役穟(suì)穟，麻麦幪(méng)幪，瓜瓞(dié)唪(běng)唪。

诞后稷之穑(sè)，有相之道。茀(fú)厥丰草，种之黄茂。实方实苞，实种实褎(yòu)。实发实秀，实坚实好。实颖实栗(lì)，即有邰(tái)家室。

诞降嘉种，维秬(jù)维秠(pī)，维穈(mén)维芑(qǐ)。恒之秬秠，是获是亩。恒之穈芑，是任是负，以归肇(zhào)祀。

诞我祀如何？或舂(chōng)或揄(yóu)，或簸(bǒ)或蹂(róu)。释之叟(sǒu)叟，烝(zhēng)之浮浮。载谋载惟，取萧祭脂。取羝(dī)以軷(bá)，载燔(fán)载烈，以兴嗣(sì)岁。

卬盛于豆，于豆于登，其香始升。上帝居歆，胡臭(xiù)亶(dǎn)时。后稷肇祀，庶无罪悔，以迄于今。

公刘

笃公刘，匪居匪康。乃场乃疆，乃积乃仓。乃裹糇粮，于橐(tuó)于囊。思辑用光，弓矢斯张。干戈戚扬，爰方启行。

笃公刘，于胥斯原。既庶既繁，既顺乃宣，而无永叹。陟则在巘(yǎn)，复降在原。何以舟之？维玉及瑶，鞞琫(bǐng běng)容刀。

笃公刘，逝彼百泉，瞻彼溥原。乃陟南冈，乃觏于京。京师之野，于时处处，于时庐旅。于时言言，于时语语。

笃公刘，于京斯依。跄跄济济，俾筵俾几。既登乃依，乃造其曹。执豕于牢，酌之用匏(páo)。食之饮之，君之宗之。

132

笃公刘，既溥既长，既景乃冈。相其阴阳，观其流泉。其军三单，度其隰原，彻田为粮。度其夕阳，豳居允荒。

笃公刘，于豳斯馆。涉渭为乱，取厉取锻。止基乃理，爰众爰有。夹其皇涧，溯其过涧。止旅乃密，芮鞫(jū)之即。

绵

绵绵瓜瓞(dié)，民之初生，自土沮(cú)漆。古公亶(dǎn)父，陶复陶穴，未有家室。

古公亶父，来朝走马。率西水浒，至于岐下。爰(yuán)及姜女，聿(yù)来胥宇。

周原膴(wǔ)膴，堇(jǐn)荼(tú)如饴(yí)。爰始爰谋，爰契我龟：曰止曰时，筑室于兹。

乃慰乃止，乃左乃右，乃疆乃理，乃宣乃亩。自西徂(cú)东，周爰执事。

乃召司空，乃召司徒，俾(bǐ)立室家。其绳则直，缩版以载，作庙翼翼。

捄(jū)之陾(réng)陾，度之薨(hōng)薨。筑之登登，削屡冯(píng)冯。百堵皆兴，鼛(gāo)鼓弗胜。

乃立皋门，皋门有伉(kàng)。乃立应门，应门将(qiāng)将。乃立冢(zhǒng)土，戎丑攸行。

肆不殄(tiǎn)厥愠，亦不陨(yǔn)厥问。柞(zuò)棫(yù)拔矣，行道兑(duì)矣。混夷駾(tuì)矣，维其喙(huì)矣！

虞芮(ruì)质厥成，文王蹶(guì)厥生。予曰有疏附，予曰有先后，予曰有奔奏，予曰有御侮！

大明

明明在下，赫赫在上。天难忱(chén)斯，不易维王。天位殷適，使不挟四方。

挚仲氏任，自彼殷商，来嫁于周，曰嫔(pín)于京。乃及王季，维德之行。

大任有身，生此文王。维此文王，小心翼翼。昭事上帝，聿(yù)怀多福。厥德不回，以受方国。

天监在下，有命既集。文王初载，天作之合。在洽(hé)之阳，在渭之涘(sì)。文王嘉止，大邦有子。

大邦有子，俔(qiàn)天之妹。文定厥(jué)祥，亲迎于渭。造舟为梁，不显其光。

有命自天，命此文王，于周于京。缵(zuǎn)女维莘(shēn)。长子维行，笃生武王。保右命尔，燮(xiè)伐大商。

殷商之旅，其会如林。矢于牧野："维予侯兴，上帝临女，无贰(èr)尔心！"

牧野洋洋，檀(tán)车煌煌，驷(sì)騵(yuán)彭彭。维师尚父，时维鹰扬。凉彼武王，肆伐大商，会朝清明。

维天之命

维天之命，於(wū)穆不(pī)已。

於乎不显，文王之德之纯！

假以溢(yì)我，我其收之。

骏惠我文王，曾孙笃(dǔ)之。

赉 (lài)

文王既勤止，我应受之，敷时绎(yì)思，我徂(cú)维求定。
时周之命，於(wū)，绎思！

噫嘻

噫(yī)嘻成王，既昭假(gé)尔。
率时农夫，播厥百谷。
骏发尔私，终三十里，
亦服尔耕，十千维耦(ǒu)。

东山

我徂(cú)东山，慆(tāo)慆不归。我来自东，零雨其濛。我东曰归，我心西悲。制彼裳衣，勿士行枚。蜎(juān)蜎者蠋(zhú)，烝在桑野。敦彼独宿，亦在车下。

我徂东山，慆慆不归。我来自东，零雨其濛。果臝(luǒ)之实，亦施于宇。伊威在室，蠨(xiāo)蛸(shāo)在户。町(tǐng)畽(tuǎn)鹿场，熠(yì)耀(yào)宵行。不可畏也，伊可怀也。

我徂东山，慆慆不归。我来自东，零雨其濛。鹳(guàn)鸣于垤(dié)，妇叹于室。洒扫穹窒，我征聿(yù)至。有敦(tuán)瓜苦(hù)，烝在栗薪(xīn)。自我不见，于今三年。

我徂东山，慆慆不归。我来自东，零雨其濛。仓庚于飞，熠耀其羽。之子于归，皇驳其马。亲结其缡，九十其仪。其新孔嘉，其旧如之何！

七月

七月流火，九月授衣。一之日觱(bì)发(bō)，二之日栗(lì)烈。无衣无褐(hè)，何以卒岁？三之日于耜(sì)，四之日举趾。同我妇子，馌(yè)彼南亩，田畯(jùn)至喜。

七月流火，九月授衣。春日载阳，有鸣仓庚(gēng)。女执懿(yì)筐，遵彼微行，爰(yuán)求柔桑。春日迟迟，采蘩(fán)祁(qí)祁。女心伤悲，殆(dài)及公子同归。

七月流火，八月萑(huán)苇。蚕月条桑，取彼斧斨(qiāng)。以伐远扬，猗(yī)彼女桑。七月鸣鵙(jú)，八月载绩。载玄载黄，我朱孔阳，为公子裳。

四月秀葽(yāo)，五月鸣蜩(tiáo)。八月其获，十月陨萚(tuò)。一之日于貉(hé)，取彼狐狸，为公子裘(qiú)。二之日其同，载缵(zuǎn)武功。言私其豵(zōng)，献豜(jiān)于公。

五月斯螽(zhōng)动股，六月莎(suō)鸡振羽。七月在野，八月在宇，九月在户，十月蟋蟀入我床下。穹(qióng)室(zhì)熏鼠，塞向墐(jìn)户。嗟(jiē)我妇子，曰为改岁，入此室处。

六月食郁及薁(yù)，七月亨(pēng)葵及菽(shū)。八月剥(pū)枣，十月获稻。为此春酒，以介眉寿。七月食瓜，八月断壶，九月叔苴(jū)。采荼(tú)薪(xīn)樗(chū)，食我农夫。

九月筑场圃，十月纳禾稼。黍(shǔ)稷(jì)重(tóng)穋(lù)，禾麻菽(shū)麦。嗟我农夫，我稼既同，入上执宫功。昼尔于茅，宵尔索绹(táo)。亟(jí)其乘屋，其始播百谷。

二之日凿冰冲冲，三之日纳于凌阴。四之日其蚤(zǎo)，献羔祭韭。九月肃霜，十月涤(dí)场。朋酒斯飨(xiǎng)，曰杀羔羊。跻(jī)彼公堂，称彼兕(sì)觥(gōng)，万寿无疆！

硕鼠

硕(shuò)鼠硕鼠,无食我黍(shǔ)!三岁贯女(rǔ),莫我肯顾。逝将去女,适彼乐土。乐土乐土,爰(yuán)得我所。

硕鼠硕鼠,无食我麦!三岁贯女,莫我肯德。逝将去女,适彼乐国。乐国乐国,爰得我直。

硕鼠硕鼠,无食我苗!三岁贯女,莫我肯劳。逝将去女,适彼乐郊。乐郊乐郊,谁之永号(háo)?

硕人

硕人其颀(qí),衣锦褧(jiǒng)衣。齐侯之子,卫侯之妻,东宫之妹,邢侯之姨,谭公维私。

手如柔荑(tí),肤如凝脂,领如蝤(qiú)蛴(qí),齿如瓠(hù)犀(xī)。螓(qín)首蛾眉,巧笑倩兮,美目盼兮。

硕人敖(áo)敖,说(shuì)于农郊。四牡有骄,朱幩(fén)镳(biāo)镳,翟(dí)茀(fú)以朝。大夫夙(sù)退,无使君劳。

河水洋洋,北流活活。施罛(gū)濊(huò)濊,鳣(zhān)鲔(wěi)发(bō)发,葭(jiā)菼(tǎn)揭揭。庶姜孽(niè)孽,庶士有朅(qiè)。

关雎

关关雎(jū)鸠(jiū),在河之洲。窈(yǎo)窕(tiǎo)淑女,君子好(hǎo)逑(qiú)。

参(cēn)差(cī)荇(xìng)菜,左右流之。窈窕淑女,寤(wù)寐(mèi)求之。求之不得,寤寐思服。悠哉悠哉,辗转反侧。

参差荇菜,左右采之。窈窕淑女,琴瑟(sè)友之。参差荇菜,左右芼(mào)之。窈窕淑女,钟鼓乐之。

桃夭

桃之夭夭，灼灼其华。之子于归，宜其室家。

桃之夭夭，有蕡(fén)其实。之子于归，宜其家室。

桃之夭夭，其叶蓁(zhēn)蓁。之子于归，宜其家人。

鹤鸣

鹤鸣于九皋(gāo)，声闻于野。鱼潜在渊，或在于渚(zhǔ)。乐彼之园，爰有树檀，其下维萚(tuò)。他山之石，可以为错。

鹤鸣于九皋，声闻于天。鱼在于渚，或潜在渊。乐彼之园，爰有树檀，其下维穀(gǔ)。他山之石，可以攻玉。

子衿

青青子衿，悠悠我心。纵我不往，子宁不嗣音？

青青子佩，悠悠我思。纵我不往，子宁不来？

挑兮达兮，在城阙(què)兮。一日不见，如三月兮。

执竞

执竞武王，无竞维烈。不(pī)显成康，上帝是皇。自彼成康，奄有四方，斤斤其明。

钟鼓喤(huáng)喤，磬(qìng)筦(guǎn)将(qiāng)将，降福穰(ráng)穰。降福简简，威仪反反。既醉既饱，福禄来反！

敬之

敬之敬之，天维显思，命不易哉。无曰高高在上，陟(zhì)降厥(jué)

士，日监在兹。维予小子，不聪敬止。日就月将，学有缉(jī)熙于光明。佛(bì)时仔肩，示我显德行。

蒹葭

蒹(jiān)葭(jiā)苍苍，白露为霜。所谓伊人，在水一方。溯(sù)洄(huí)从之，道阻且长。溯游从之，宛在水中央。

蒹葭凄凄，白露未晞(xī)。所谓伊人，在水之湄(méi)。溯洄从之，道阻且跻(jī)。溯游从之，宛在水中坻(chí)。

蒹葭采采，白露未已。所谓伊人，在水之涘(sì)。溯洄从之，道阻且右。溯游从之，宛在水中沚(zhǐ)。

静女

静女其姝(shū)，俟(sì)我于城隅(yú)。爱而不见，搔首踟(chí)蹰(chú)。

静女其娈(luán)，贻(yí)我彤管。彤管有炜(wěi)，说(yuè)怿(yì)女美。

自牧归荑(tí)，洵(xún)美且异。匪女之为美，美人之贻(yí)。

绿衣

绿兮衣兮，绿衣黄里。心之忧矣，曷(hé)维其已！

绿兮衣兮，绿衣黄裳(cháng)。心之忧矣，曷维其亡！

绿兮丝兮，女所治兮。我思古人，俾(bǐ)无訧(yóu)兮。

绤(chī)兮绤(xì)兮，凄其以风。我思古人，实获我心！

葛覃

葛(gé)之覃(tán)兮,施(yì)于中谷,维叶萋萋。黄鸟于飞,集于灌木,其鸣喈(jiē)喈。

葛之覃兮,施于中谷,维叶莫莫。是刈(yì)是濩(huò),为絺(chī)为綌(xì),服之无斁(yì)。

言告师氏,言告言归。薄污(wù)我私,薄浣我衣。害(hé)浣害否,归宁父母。

匪风

匪(bǐ)风发兮,匪车偈(jié)兮。顾瞻(zhān)周道,中心怛(dá)兮。
匪风飘兮,匪车嘌(piāo)兮。顾瞻周道,中心吊兮。
谁能亨(pēng)鱼?溉之釜(fǔ)鬵(xín)。谁将西归?怀之好音。

女曰鸡鸣

女曰:"鸡鸣。"士曰:"昧(mèi)旦。""子兴视夜,明星有烂。""将翱(áo)将翔,弋(yì)凫(fú)与雁。"

"弋言加之,与子宜之。宜言饮酒,与子偕老。琴瑟在御,莫不静好。"

"知子之来之,杂佩以赠之。知子之顺之,杂佩以问之。知子之好之,杂佩以报之。"

褰裳

子惠思我,褰(qiān)裳涉溱(zhēn)。子不我思,岂无他人?狂童之狂也且(jū)!

子惠思我,褰裳涉洧(wěi)。子不我思,岂无他士?狂童之狂也且!

氓

氓（méng）之蚩（chī）蚩，抱布贸丝。匪（fěi）来贸丝，来即我谋。送子涉淇，至于顿丘。匪我愆（qiān）期，子无良媒。将（qiāng）子无怒，秋以为期。

乘彼垝（guǐ）垣（yuán），以望复关。不见复关，泣涕涟（lián）涟。既见复关，载（zài）笑载言。尔卜尔筮（shì），体无咎（jiù）言。以尔车来，以我贿迁。

桑之未落，其叶沃若。于（xū）嗟（jiē）鸠（jiū）兮，无食桑葚。于嗟女兮，无与士耽（dān）。士之耽兮，犹可说（tuō）也。女之耽兮，不可说（tuō）也。

桑之落矣，其黄而陨。自我徂尔，三岁食贫。淇水汤（shāng）汤，渐（jiān）车帷（wéi）裳。女也不爽，士贰（èr）其行。士也罔（wǎng）极，二三其德。

三岁为妇，靡室劳矣。夙（sù）兴夜寐（mèi），靡有朝矣。言既遂矣，至于暴矣。兄弟不知，咥（xì）其笑矣。静言思之，躬自悼矣。

及尔偕老，老使我怨。淇则有岸，隰（xí）则有泮（pàn）。总角之宴，言笑晏晏。信誓旦旦，不思其反。反是不思，亦已焉哉！

雨无正

浩浩昊（hào）天，不骏其德。降丧饥馑（jǐn），斩伐四国。旻天疾威，弗虑弗图。舍彼有罪，既伏其辜。若此无罪，沦胥（xū）以铺。

周宗既灭，靡所止戾（lì）。正大夫离居，莫知我勩（yì）。三事大夫，莫肯夙（sù）夜。邦君诸侯，莫肯朝夕。庶曰式臧（zāng），覆出为恶。

如何昊天，辟言不信。如彼行迈，则靡所臻（zhēn）。凡百君子，各敬尔身。胡不相畏，不畏于天？

戎成不退，饥成不遂。曾我暬（xiè）御，憯（cǎn）憯日瘁？凡百君子，

莫肯用讯。听言则答,谮(zèn)言则退。

哀哉不能言,匪舌是出,维躬是瘁。哿(gě)矣能言,巧言如流,俾躬处休。

维曰予仕,孔棘(jí)且殆(dài)。云不可使,得罪于天子。亦云可使,怨及朋友。

谓尔迁于王都,曰予未有室家。鼠思泣血,无言不疾。昔尔出居,谁从作尔室?

柏舟

汎彼柏舟,在彼中河。髧(dàn)彼两髦(máo),实维我仪。之死矢靡它。母也天只,不谅人只!

汎彼柏舟,在彼河侧。髧彼两髦,实维我特。之死矢靡慝(tè)。母也天只,不谅人只!

正月

正月繁霜,我心忧伤。民之讹(é)言,亦孔之将。念我独兮,忧心京京。哀我小心,瘋(shǔ)忧以痒。

父母生我,胡俾我瘉(yù)?不自我先,不自我后。好言自口,莠(yǒu)言自口。忧心愈愈,是以有侮。

忧心惸(qióng)惸,念我无禄。民之无辜,并其臣仆。哀我人斯,于何从禄?瞻乌爰(yuán)止,于谁之屋?

瞻彼中林,侯薪侯蒸。民今方殆(dài),视天梦梦。既克有定,靡人弗胜。有皇上帝,伊谁云憎?

谓山盖卑,为冈为陵。民之讹言,宁莫之惩?召彼故老,讯之占梦,具曰予圣,谁知乌之雌雄?

谓天盖高?不敢不局;谓地盖厚?不敢不蹐(jí)。维号斯言,

有伦有脊。哀今之人,胡为虺(huī)蜴?

瞻彼阪(bǎn)田,有菀(wǎn)其特。天之扤(wù)我,如不我克。彼求我则,如不我得。执我仇仇,亦不我力。

心之忧矣,如或结之。今兹之正,胡然厉矣。燎之方扬,宁或灭之?赫赫宗周,褒姒(sì)威之。

终其永怀,又窘阴雨。其车既载,乃弃尔辅。载输尔载:"将伯助予。"

无弃尔辅,员于尔辐。屡顾尔仆,不输尔载。终逾绝险,曾是不意。

鱼在于沼,亦匪克乐。潜虽伏矣,亦孔之炤(zhāo)。忧心惨惨,念国之为虐!

彼有旨酒,又有嘉肴。洽比其邻,昏姻孔云。念我独兮,忧心殷殷。

佌(cǐ)佌彼有屋,蔌(sù)蔌方有谷。民今之无禄,天夭是椓(zhuó)。哿(gě)矣富人,哀此惸(qióng)独!

南山

南山崔崔,雄狐绥(suí)绥。鲁道有荡,齐子由归。既曰归止,曷(hé)又怀止?

葛屦(jù)五两,冠绥(ruí)双止。鲁道有荡,齐子庸止。既曰庸止,曷又从止?

艺麻如之何?衡从其亩。取妻如之何?必告父母。既曰告止,曷又鞠止?

析薪如之何?匪斧不克。取妻如之何?匪媒不得。既曰得止,曷又极止?

鹊巢

维鹊有巢,维鸠(jiū)居之。之子于归,百两御之。

维鹊有巢,维鸠方之。之子于归,百两将之。

维鹊有巢,维鸠盈之。之子于归,百两成之。

鹿鸣

呦(yōu)呦鹿鸣,食野之苹。我有嘉宾,鼓瑟吹笙(shēng)。吹笙鼓簧(huáng),承筐是将。人之好我,示我周行。

呦呦鹿鸣,食野之蒿(hāo)。我有嘉宾,德音孔昭。视民不恌(tiāo),君子是则是效。我有旨酒,嘉宾式燕以敖(áo)。

呦呦鹿鸣,食野之芩(qín)。我有嘉宾,鼓瑟鼓琴。鼓瑟鼓琴,和乐且湛(dān)。我有旨酒,以燕乐嘉宾之心。

宾之初筵

宾之初筵(yán),左右秩(zhì)秩。笾(biān)豆有楚,殽核维旅。酒既和旨,饮酒孔偕。钟鼓既设,举酬逸逸。大侯既抗,弓矢斯张。射夫既同,献尔发功。发彼有的,以祈尔爵。

籥(yuè)舞笙(shēng)鼓,乐既和奏。烝(zhēng)衎(kàn)烈祖,以洽百礼。百礼既至,有壬有林。锡尔纯嘏(gǔ),子孙其湛。其湛曰乐,各奏尔能。宾载手仇,室人入又。酌彼康爵,以奏尔时。

宾之初筵,温温其恭。其未醉止,威仪反反。曰既醉止,威仪幡幡。舍其坐迁,屡舞仙仙。其未醉止,威仪抑抑。曰既醉止,威仪怭(bì)怭。是曰既醉,不知其秩。

宾既醉止,载号(háo)载呶(náo),乱我笾豆,屡舞僛(qī)僛。是曰既醉,不知其邮。侧弁(biàn)之俄,屡舞傞(suō)傞。既醉而出,

并受其福。醉而不出,是谓伐德。饮酒孔嘉,维其令仪。

凡此饮酒,或醉或否。既立之监,或佐之史。彼醉不臧(zāng),不醉反耻。式勿从谓,无俾大怠。匪言勿言,匪由勿语。由醉之言,俾出童羖(gǔ)。三爵不识,矧(shěn)敢多又。

鱼丽

鱼丽(lí)于罶(liǔ),鲿(cháng)鲨。君子有酒,旨且多。

鱼丽于罶,鲂(fáng)鳢(lǐ)。君子有酒,多且旨。

鱼丽于罶,鰋(yǎn)鲤。君子有酒,旨且有。

物其多矣,惟其嘉矣!物其旨矣,惟其偕矣!

物其有矣,惟其时矣!

车攻

我车既攻,我马既同。四牡庞庞,驾言徂(cú)东。

田车既好,四牡孔阜(fù)。东有甫草,驾言行狩。

之子于苗,选徒嚣嚣。建旐(zhào)设旄(máo),搏兽于敖。

驾彼四牡,四牡奕奕。赤芾(fú)金舄(xì),会同有绎。

决拾既佽(cì),弓矢既调。射夫既同,助我举柴(zī)。

四黄既驾,两骖(cān)不猗(yǐ)。不失其驰,舍矢如破。

萧萧马鸣,悠悠旆旌。徒御不惊,大庖(páo)不盈。

之子于征,有闻无声。允矣君子,展也大成!

山有枢

山有枢(shū),隰(xí)有榆(yú)。子有衣裳,弗曳(yè)弗娄。子有车马,弗驰弗驱。宛其死矣,他人是愉。

山有栲(kǎo)，隰有杻(niǔ)。子有廷内，弗洒弗扫。子有钟鼓，弗鼓弗考。宛其死矣，他人是保。

山有漆，隰有栗。子有酒食，何不日鼓瑟？且以喜乐，且以永日。宛其死矣，他人入室。

权舆
於，我乎！夏屋渠(qú)渠，今也每食无余。於嗟乎！不承权舆(yú)！

於，我乎？每食四簋(guǐ)，今也每食不饱。於嗟乎！不承权舆。

甫田
无田甫田，维莠(yǒu)骄骄。无思远人，劳心忉(dāo)忉。

无田甫田，维莠桀(jié)桀。无思远人，劳心怛(dá)怛。

婉兮娈兮，总角丱(guàn)兮。未几见兮，突而弁(biàn)兮。

无羊
谁谓尔无羊？三百维群。谁谓尔无牛？九十其犉(rún)。尔羊来思，其角濈(jí)濈。尔牛来思，其耳湿湿。

或降于阿，或饮于池，或寝或讹(é)。尔牧来思，何蓑(suō)何笠，或负其餱(hóu)。三十维物，尔牲则具。

尔牧来思，以薪以蒸，以雌以雄。尔羊来思，矜(jīn)矜兢(jīng)兢，不骞(qiān)不崩。麾(huī)之以肱(gōng)，毕来既升。

牧人乃梦，众维鱼矣，旐(zhào)维旟(yú)矣。大人占之：众维鱼矣，实维丰年；旐维旟矣，室家溱(zhēn)溱。

灵台

经始灵台，经之营之。庶民攻之，不日成之。经始勿亟(jí)，庶民子来。

王在灵囿(yòu)，麀(yōu)鹿攸伏。麀鹿濯(zhuó)濯，白鸟翯(hè)翯。王在灵沼，於(wū)牣(rèn)鱼跃。

虡(jù)业维枞(cōng)，贲(fén)鼓维镛(yōng)。於论鼓钟，於乐辟廱！

於论鼓钟，於乐辟廱(yōng)！鼍(tuó)鼓逢(péng)逢，矇瞍(sǒu)奏公。

何草不黄

何草不黄？何日不行？何人不将，经营四方？

何草不玄？何人不矜(guān)？哀我征夫，独为匪民。

匪兕(sì)匪虎，率彼旷野。哀我征夫，朝夕不暇。

有芃(péng)者狐，率彼幽草。有栈之车，行彼周道。

野有死麕

野有死麕(jūn)，白茅包之。有女怀春，吉士诱之。

林有朴樕(sù)，野有死鹿。白茅纯(tún)束，有女如玉。

"舒而脱(tuì)脱兮！无感(hàn)我帨(shuì)兮！无使尨(máng)也吠！"

溱洧

溱(zhēn)与洧(wěi)，方涣(huàn)涣兮。士与女，方秉蕳(jiān)兮。女曰："观乎？"士曰既且(cú)，且往观乎！洧之外，洵(xún)讦(xū)且乐。维士与女，伊其相谑(xuè)，赠之以勺药。

溱与洧，浏其清矣。士与女，殷其盈矣。女曰观乎？士曰既且，

且往观乎！洧之外，洵讦且乐。维士与女，伊其将谑，赠之以勺药。

出其东门

出其东门，有女如云。虽则如云，匪我思存。缟(gǎo)衣綦(qí)巾，聊乐我员。

出其闉(yīn)阇(dū)，有女如荼(tú)。虽则如荼，匪我思且(jū)。缟衣茹(rú)藘(lú)，聊可与娱。

定之方中

定之方中，作于楚宫。揆(kuí)之以日，作于楚室。树之榛(zhēn)栗，椅桐梓漆，爰伐琴瑟。

升彼虚矣，以望楚矣。望楚与堂，景山与京，降观于桑。卜云其吉，终然允臧。

灵雨既零，命彼倌(guān)人。星言夙(sù)驾，说(shuì)于桑田。匪直也人，秉心塞渊。騋(lái)牝(pìn)三千。

伯兮

伯兮朅(qiè)兮，邦之桀(jié)兮。伯也执殳(shū)，为王前驱。

自伯之东，首如飞蓬。岂无膏沐？谁适为容？

其雨其雨，杲(gǎo)杲出日。愿言思伯，甘心首疾。

焉得谖(xuān)草？言树之背。愿言思伯，使我心痗(mèi)。

狡童

彼狡(jiǎo)童兮，不与我言兮。维子之故，使我不能餐兮。

彼狡童兮，不与我食兮。维子之故，使我不能息兮。

我行其野

我行其野,蔽芾(fèi)其樗(chū),昏姻之故,言就尔居。尔不我畜,复我邦家。

我行其野,言采其蓫(zhú)。昏姻之故,言就尔宿。尔不我畜?言归斯复。

我行其野,言采其葍(fú)。不思旧姻,求尔新特。成不以富,亦祇亦异。

无衣

岂曰无衣?与子同袍。王于兴师,修我戈矛。与子同仇!

岂曰无衣?与子同泽。王于兴师,修我矛戟。与子偕作!

岂曰无衣?与子同裳。王于兴师,修我甲兵。与子偕行!

淇奥

瞻(zhān)彼淇奥(yù),绿竹猗(yī)猗。有匪君子,如切如磋(cuō),如琢如磨。瑟兮僴(xiàn)兮,赫兮咺(xuān)兮。有匪君子,终不可谖(xuān)兮。

瞻彼淇奥,绿竹青青。有匪君子,充耳琇(xiù)莹,会弁(biàn)如星。瑟兮僴兮,赫兮咺兮。有匪君子,终不可谖兮。

瞻彼淇奥,绿竹如箦(zé)。有匪君子,如金如锡,如圭如璧(bì)。宽兮绰兮,猗(yǐ)重较兮,善戏谑(xuè)兮,不为虐兮。

泉水

毖(bì)彼泉水,亦流于淇(qí)。有怀于卫,靡日不思。娈(luán)彼诸姬(jī),聊与之谋。

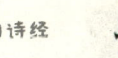

出宿于泲(jǐ)，饮饯于祢(nǐ)。女子有行，远父母兄弟。问我诸姑，遂及伯姊。

出宿于干，饮饯(jiàn)于言。载脂载舝(xiá)，还车言迈。遄(chuán)臻(zhēn)于卫，不瑕有害？

我思肥泉，兹之永叹。思须与漕(cáo)，我心悠悠。驾言出游，以写(xiè)我忧。

渭阳

我送舅氏，曰至渭(wèi)阳。何以赠之？路车乘黄。

我送舅氏，悠悠我思。何以赠之？琼瑰玉佩。

四牡

四牡騑(fēi)騑，周道倭(wēi)迟(yí)。岂不怀归？王事靡盬(gǔ)，我心伤悲。

四牡騑騑，啴(tān)啴骆马。岂不怀归？王事靡盬，不遑(huáng)启处。

翩翩者鵻(zhuī)，载飞载下，集于苞栩(xǔ)。王事靡盬，不遑将父。

翩翩者鵻，载飞载止，集于苞杞(qǐ)。王事靡盬，不遑将母。

驾彼四骆，载骤骎(qīn)骎。岂不怀归？是用作歌，将母来谂(shěn)。

燕燕

燕燕于飞，差(cī)池其羽。之子于归，远送于野。瞻(zhān)望弗及，泣涕如雨。

燕燕于飞，颉(xié)之颃(háng)之。之子于归，远于将之。瞻望弗及，伫立以泣。

150

燕燕于飞，下上其音。之子于归，远送于南。瞻望弗及，实劳我心。

仲氏任只，其心塞渊。终温且惠，淑慎其身。先君之思，以勖(xù)寡人。

楚茨

楚楚者茨(cí)，言抽其棘。自昔何为？我蓺(yì)黍(shǔ)稷(jì)。我黍与与，我稷翼翼。我仓既盈，我庾(yǔ)维亿。以为酒食，以享以祀(sì)。以妥以侑，以介景福。

济济跄跄，絜(qiè)尔牛羊，以往烝(zhēng)尝。或剥或亨(pēng)，或肆或将。祝祭于祊(bēng)，祀事孔明。先祖是皇，神保是飨。孝孙有庆，报以介福，万寿无疆！

执爨(cuàn)踖(jí)踖，为俎(zǔ)孔硕，或燔(fán)或炙。君妇莫莫，为豆孔庶。为宾为客，献酬交错。礼仪卒度，笑语卒获。神保是格，报以介福，万寿攸酢(zuò)！

我孔熯(rǎn)矣，式礼莫愆(qiān)。工祝致告：徂(cú)赉(lài)孝孙。苾(bì)芬孝祀，神嗜(shì)饮食，卜尔百福。如几如式，既齐(zhāi)既稷，既匡既敕。永锡尔极，时万时亿！

礼仪既备，钟鼓既戒，孝孙徂位。工祝致告：神具醉止。皇尸载起，钟鼓送尸，神保聿(yù)归。诸宰君妇，废彻不迟。诸父兄弟，备言燕私。

乐具入奏，以绥(suí)后禄。尔肴既将，莫怨具庆。既醉既饱，小大稽(qǐ)首。神嗜饮食，使君寿考。孔惠孔时，维其尽之。子子孙孙，勿替引之！

常武

赫赫明明,王命卿(qīng)士。南仲大祖,大师皇父。整我六师,以脩(xiū)我戎。既敬既戒,惠此南国。

王谓尹氏,命程伯休父:左右陈行,戒我师旅:率彼淮(huái)浦(pǔ),省此徐土。不留不处,三事就绪。

赫赫业业,有严天子。王舒保作,匪绍匪游。徐方绎骚,震惊徐方。如雷如霆,徐方震惊。

王奋厥武,如震如怒。进厥虎臣,阚(hǎn)如虓(xiāo)虎。铺敦淮濆(fén),仍执丑虏。截彼淮浦,王师之所。

王旅啴(tān)啴,如飞如翰(hàn),如江如汉,如山之苞,如川之流。绵绵翼翼,不测不克,濯(zhuó)征徐国。

王犹允塞,徐方既来。徐方既同,天子之功。四方既平,徐方来庭。徐方不回,王曰还归。

采薇

采薇采薇,薇亦作止。曰归曰归,岁亦莫(mù)止。靡室靡家,狁(xiǎn)狁(yǔn)之故。不遑(huáng)启居,狁狁之故。

采薇采薇,薇亦柔止。曰归曰归,心亦忧止。忧心烈烈,载饥载渴。我戍(shù)未定,靡使归聘(pìn)。

采薇采薇,薇亦刚止。曰归曰归,岁亦阳止。王事靡盬(gǔ),不遑启处。忧心孔疚,我行不来!

彼尔维何?维常之华。彼路斯何?君子之车。戎(róng)车既驾,四牡业业。岂敢定居?一月三捷。

驾彼四牡,四牡骙(kuí)骙。君子所依,小人所腓(féi)。四牡翼翼,象弭(mǐ)鱼服。岂不日戒?狁狁孔棘(jí)!

昔我往矣，杨柳依依。今我来思，雨(yù)雪霏(fēi)霏。行道迟迟，载渴载饥。我心伤悲，莫知我哀！

陟岵

陟(zhì)彼岵(hù)兮，瞻望父兮。父曰："嗟！予子行役，夙(sù)夜无已。上慎旃(zhān)哉，犹来无止！"

陟彼屺(qǐ)兮，瞻望母兮。母曰："嗟！予季行役，夙夜无寐。上慎旃哉，犹来无弃！"

陟彼冈兮，瞻望兄兮。兄曰："嗟！予弟行役，夙夜必偕。上慎旃哉，犹来无死！"

击鼓

击鼓其镗(tāng)，踊跃用兵。土国城漕(cáo)，我独南行。

从孙子仲，平陈与宋。不我以归，忧心有忡。

爰(yuán)居爰处？爰丧其马？于以求之？于林之下。

"死生契阔"，与子成说。执子之手，与子偕老。

于(xū)嗟(jiē)阔兮，不我活兮。于嗟洵(xún)兮，不我信兮。

君子于役

君子于役(yì)，不知其期，曷(hé)至哉？鸡栖于埘(shí)，日之夕矣，羊牛下来。君子于役，如之何勿思！

君子于役，不日不月，曷其有佸(huó)？鸡栖于桀(jié)，日之夕矣，羊牛下括(huó)。君子于役，苟无饥渴？